Seven☆love

Moya

目の前のあなたが…好き!

恋する女の子に送る

7つのloveサプリメント

Contents

1. love☆Saki 4
2. love☆Momoka 24
3. love☆Suzu 76
4. love☆Miku 108
5. love☆Haruka 144
6. love☆Yukari 176
7. love☆Aoi 194

あとがき 212

love☆Saki
Seven☆love 1

お前鈍感過ぎ。
　　　いい加減気付けよ。

「いってきまーす」
バタン――…。
私の名前は三村咲稀(みむらさき)。県立高校に通う高校1年生。
上が3人男で、ただ1人女の子だった私は、小さい時から周りからちやほやされてきた。
「あ。おばあちゃんおはようございまーす！」
甘やかされて育った私の性格は…かなり！大変なもので、『世界は私中心』ってくらい自己中わがままのオンパレード。だから必然的にそんな私の性格を目の前にしてついていける訳がなく…。
「親友」って呼べる友達も、
「彼氏」って呼べる男の子も居なかった。
毎日同じ時間に家を出て、毎日同じ道のりを歩く。
「…つまんない」
そんな毎日をただただぼーっと繰り返す私。でも……そんな私にも唯一の楽しみがあるんだ。

バス停前の自動販売機。かじかむ手でお金を入れて、
ピッ、ガコンッ。
大好きなホットミルクティーを手にとった。
「あったかぁぁぁ～い♪」
防波堤から見える青い海。打ち寄せる波の音。海岸から吹き寄せる海風は、ちょっぴり冷たいけど。
「………ごくん…。幸せ～ッ♪」

ホットミルクティー片手に、いつもの見慣れた風景を眺めながらバス到着までの５分間をぼーっと過ごす。…私の一番大好きな時間♪
…でも！！そんな私の至福の時間を毎っ回！邪魔する奴が…約１名。
「あ～俺♪今日あゆなにしてんの？えっまじで？んじゃ今日終わったらそっこー行くよ！うん、じゃあまた♪」
ピッ。
「よ♪咲稀♪」
「………………」

こいつ。宮川拓真。拓真は幼稚園からの幼なじみで、…小学校、中学校、なぜか高校まで一緒のくされ縁。アメリカ人と日本人のハーフでジャニーズ系の甘いマスクに一際目立つグレーの瞳。

「…また彼女代えたの？」
「まぁね～♪」
「……てか。なんでこう毎日毎日！！タイミングよく来る訳？」
「え～だって行く学校同じじゃん♪これ逃したら完璧遅刻しちゃうし。…なに、もしかして咲稀、妬いてんの（笑）」
カランッ！！
「あんたみたいな天然バカに私が妬くはずないでしょ（笑）。

バカ拓!んじゃお先に〜♪」
「んだよッバカ拓ってッ!バカ咲稀ッ!おいっ!ちょっと待てよ〜ッ」
だから…バカみたいに女の子にモテる。
ブルルル――――…、
…こんな奴どこがいいのよ。自分がモテンのいい事にとっかえひっかえ女の子たぶらかしちゃって。
「ふぁ〜眠みーッ」
ただの「タラシ」じゃん。
「あ〜っおいこらっ!!起きろってば拓真!!あたしの肩をマクラ代わりにすんなっ…」
「ぐー…」
「〜〜〜〜っなんなのよぉっ!」

いつもこんな感じで喧嘩ばかりの私達だったから、私と拓真の間に、
「恋愛」
なんて言葉ないと思ってた。
私がコイツを?コイツが私を?…ありえない。絶対、ぜーったい!!ありえない!!!そう思ってた。思ってたのに。

「ねえねえ!!咲稀と拓真クンって一体…どうなってるの?」
「…ブッッッ!!!」

ある日のランチタイム。お茶を吹き出しちゃうほど唐突な質問がクラスの子から飛び出してあたしは目が点。
「んも〜っ！！ユキちゃんなんなのいきなり！スカート汚れちゃったじゃんっ」
「ゴメンゴメン！てか〜…本当のとこはどうなの？…やっぱり付き合ってるの？」
あたしの目を見つめながら真剣に問い詰めるユキちゃんに、顔が引きつる私。
…どこからそんな噂たったんだろ…。まっ、確かに毎日一緒に学校来てたから、…誤解されても仕方ないけど。
「…んな事あるわけないじゃーん。私、『バカ』は好きじゃないの！」
濡れちゃったスカートをポンポン叩きながら、にっこり笑顔でそう答えた。
「だよね〜？（笑）」
「恋愛対象外！だから。ユキちゃん安心して？」

でも…実はここ最近、こんな質問ばっかりでいい加減私、疲れてました。
「みんなどーしちゃったの？……変なことばっか聞いてきてさ」
昨日もその前も、いろんな人から、
『付き合ってるんですか？』『拓真クンとどうゆう関係です

か？』
って。本当にみんなどうかしてる。拓真に対する私の態度見てれば、一目瞭然なのに。
イラ。
「………すべてはアイツがいけないんだ。アイツが誤解招くよーな行動ばっかするから」

──その日の放課後。爆発寸前な気持ちを胸に押し込めて、私は拓真を呼び出した。
「…ガツンと言ってやる」
人気のない音楽室。防音も完璧だし、あんまり人も来ないし。説教をするにはもってこいの場所。
かちかちかち──…。
夕日で真っ赤に染まる教室に時計の針の音が響く。なんでこんなに苛々するのか分かんないくらい私は…苛々絶好調。

──ガラッ！！！
「なんだよ咲稀！こんないやらしい場所に呼びだして。俺を襲う気？」
「………………」
相変わらずノーテンキな拓真。へらへらしながら教室へ入ってきた。ますます苛々するバカな私。
そんなにへらへらしてられるのも今のうちだけなんだから。…私が今どれっだけ！！迷惑してるか思い知らせてやる。

「とりあえずそこ座ってよ」
「…んだよ。たいした話じゃないんだろ？いいじゃんここで」
「早くッッ！！」
「分かったからっ！そんなヒステリックになるなって！」
軽く睨みながらおどける拓真を椅子へ誘導。
ガタッ、
あ〜苛々する。こっちはあんたのためにバス１本早めたってゆーのにッ！
「ふふふーん♪」
なんでそんなにへらへらしてるわけ？！
「んで？話ってなに？さーきちゃん♪」
むかっむかむかむか〜〜っ！
私はこみあげる怒りを必死に押さえながら、拓真に話を切りだした。

「…あんたさぁ〜一体どうゆうつもり？」
「は？なにが？」
「だから〜ッ！！噂聞いてるでしょ？！私とアンタが付き合ってるって噂！」
「あ〜…アレね（笑）」
「あ〜じゃないよッ！すんごいッ！！迷惑なんだけど！！なんとかしてよッ」
「……なんとかってどーしろってゆーんだよ。勝手に言わ

せておけばいーじゃん。それに！！…お前もこんなかっこいい俺と噂になって嬉しいだろッ♪」
「なっ？！！！」
なに言ってんの？！！こいつ…………っ！！
まるで他人事のような拓真の態度。
プチッ！
その時あたしの頭の中の糸が鈍い音をたてて切れた。
あ〜ダメだ。限界。
気付いたら右腕は拓真の顔へまっしぐら。次の瞬間、
パシッ！！
教室中に響き渡る鈍い音と一緒に拓真のほっぺたが真っ赤に染まった。
ガタンッ！！
「い…ってぇぇっ！！なにすんだよッ！！」
「…ざまーみろ。少しは反省しなよ！てかそのお調子者の性格、…なんとかした方がいーよ！んじゃ。ばいばい〜♪」
「はぁ〜〜〜？！！なんだよ、意味分かんねぇっ」
ぎゃーぎゃー騒ぐ拓真を1人残して私は教室を出た。

「……痛かったぁ…。まだヒリヒリしてるし！」
手の平にジンジン残る痛み。大っ嫌いなあいつをひっぱたいてすっきりしたはずなのに。なんだかすっきりしない胸のもやもや。
「………変なの」

そんなもやもやを胸に秘めたまま私は足取り軽く学校を出た。

「いってきまーす」
バタン。
そして３日後、あのもやもやが取れないまま私はいつものように玄関のドアを開けた。
今日は朝からしとしと憂鬱な雨模様。
「雨じゃなくて雪だったらいーのに。寒い〜〜っ！！」
大好きなバス停前もあまりの寒さに、ちっとも楽しむ気にもなれない。
その時、あたしの横から、
「おは〜♪」
悪魔の声。
げっっ！拓真？！！！なんであんたがここに居るのよ？！！

あの日から拓真と顔を合わせないよう、さらに！！バスの時間を変えた。それなのに突然現れた拓真にかなり動揺しちゃってる私。キョロキョロ視線が泳ぎ出す。
「…………おはよー…」
「てかお前さぁ〜〜！俺に内緒でバス時間変えんじゃねーよ！性格悪すぎ」
「……なんでいちいち報告しなきゃなんないわけ？どのバ

スに乗ろうが、拓真には関係ないじゃん」
「………………………」
…はぁぁぁ！！朝から本当最悪。超気分悪い。黙ってないでなんとか言えばいいのにっ。
ぽた…ぽた……。
「ね―」
しかもこんなとこで傘さしっぱなしにしないでよッ。
「ね～拓真！！さっきからポタポタ肩にかかってるんだけどっ！どー見ても上！屋根ついてんでしょ？！邪魔だから早く閉じて……」

びくっ！

一体なにが起こったんだろう。次の瞬間、あたしの言葉が…消えた。
近づくグレーの瞳。頬を撫でる冷たい指先。本当に…一瞬の出来事だったんだ。
ちゅ――…、
不意打ちの…キス。
「…お前鈍感すぎ」
「え………」
あまりにも一瞬すぎて、なにがなんだか分からなかった。
そこだけ時間が止まったみたいに辺りは静まって。
優しい雨の音だけが、私の耳に…響いてる。

「いい加減気付けよ」

バス到着１分前。唇にまだ微かに残る拓真の温もり。
プシュ――――…。
たった一度のこのキスで、
「お客さーん！発車しますよー？」
私達の恋は大きく動き始めた。
「の……りませ…ん……」
ブルルル――――…、
動き始めたんだ――――…。

ＡＭ１２：００。
「眠れない…」
大好きなORANGE RANGEの曲を聞いても、パソコンをカチカチいじっても。
「ねーむーれーなーーーいーッッ！！」
あの日から１週間。私はずっと、…眠れずにいた。初めてのキスでもなんでもないのに、それなのに！！
拓真とキスしたあの日の光景が頭から離れてくれなくて、頭の中でぐるぐるぐるぐる回ってる。
「なんでキスしたのよ？」

『いい加減気付けよ』
気付けって………なにに？！！！！
「…………鈍感って…。どーゆー意味よっ、訳分かんないっ」

拓真とは…あれ以来顔を合わしてない。合わしてないというより、…合わせられない。そっちの方が正確かも。だから、毎日の通学もバスから自転車に変えて、極力あいつに近付かないように、あいつと言葉を交わさないように……って努力したつもりだったのに。
でもおかしい。絶対おかしい！！なんでアイツのために私がここまで動かなきゃいけない訳？…こんなのこんなのあたしじゃない。
「はっ！！もしかして…あたし…………？（笑）」
…あいつに、
――ブルルルッブルルルッ。
「わっ！！！！！！」
恋心？！！！！
ゆらゆら揺れる気持ちを抑えながら携帯画面を見つめる。そんなあたしの目に映ったのは。
【着信　拓真　０９０６１５×××―…】
「……タイミング、良すぎじゃない？」
あたしの心を振り子みたいに揺らす、…あいつの番号。
ブルルル―…ブルル…、拓真の番号。
まだ震えてるしっ！どうしよう…。出なきゃ！でもで

もっ！！
鳴りやまない携帯電話を目の前に私は悪戦苦闘。
今出てもきっと、まともに話なんか出来ないよ。

その時、私は、…気付いちゃったんだ。
ブルルル―――…。
なんであの時、胸の中がもやもやしたのか。
ブルルル―――…。
なんで、あの時のキスがずっと頭から離れないのか。
「拓真―――っしつこいから〜〜〜〜っ！！」
そう、自分の本当の…、
ブッ…。
「あ。切れた……」
気持ちに――――…。

震えが止まった携帯を手に持って、着歴を開く。
携帯に刻まれた【拓真】の文字を見て、私の気持ちが、確信へ変わった。
…信じたくないけど。自分でもびっくりだけど。久しぶりに感じたこのどきどき感は。
胸がぎゅうってなるこの感じは。
「恋…しちゃった。私が拓真に………。恋愛対象外だった…拓真に…」
いつもの退屈な日常が特別な日に変わった瞬間。

「私が拓真を…好き———…」
恋した瞬間だったんだ。

ブルッ。
【受信メール：拓真
——家閉め出された(T_T)今日泊めて。ヘルプミィー！】

「はぁ？！！！…なに閉め出されたって…（笑）。まさか家の前とかに居ない…よね？！」
きらっと光った着信ランプ。思わずカーテンを開けて部屋の外を見つめた。そこには、予感したとおり、
「たっ拓真？！！！！」
玄関前に黒い人影。
バタバタバタ———…ガチャッ！！！
猛ダッシュで階段を降りて、慌てて玄関のドアを開けた。
「拓っ…う………酒くさい………………？！！」
なっ…なんでこんなベロベロなの？
「さきちゃ〜〜〜〜ん♪」
未成年のクセに酒なんか飲んで、
「ちょ…ッちょっとぉッ！！！！」
一体なに考えてんのよっ！
なだれこむように抱きつく拓真。
「ひくっ…さきちゃあん……へへっ♪」
「ちょっとぉっ、しっかりしなさいよっ！！バカ拓っ！！！」

いつもなら軽くあしらえるのに、変に意識しちゃってるせいか…それさえもためらってる。
「俺さぁ〜好きな奴いるんだけどぉ〜そいつ、ちーっとも気付いてくんないんだよね〜。なんでかなぁぁ〜〜」
…なるほどね彼女と喧嘩してそれでやけ酒。
…拓真ってば本当分かりやすい。
でも、…なんかすごい複雑な心境なんだけど。
「……わかったわかった！愚痴ならいつでも聞くからお願いだからとりあえず立ってよ！こんなとこ居たらみんな起きちゃう…」
私…………。
「だ〜か〜ら〜ッ！！！……ちがうっつ──の〜！」
ぎゅっ！
「た…拓真？！！！」
「なんで気付かねーんだよッ！！ほんとお前にぶいんだよ〜」
「はっ…？！ちょっ…ちょっと待って！話がまったく理解出来ないんだけどっ…」
どきんどきんどきんっ。
跳ねる心臓、上昇する体温。いきなり抱きしめられて、口から心臓が飛び出ちゃうくらい緊張しちゃってる。
「ね…ねぇっ拓真っ、離して──…」

私を見つめる真っ直ぐな瞳。近づく拓真の唇。初めて拓真

とキスした時のように、次の瞬間…拓真の温もりが、
「俺さぁ〜？お前のコト好き。大好き」
「へっ…………」
私の唇に触れた。
満天の星の下2回目のキス。

―お前のコト好き。大好き―

何度も何度も私の頭の奥でリピートする拓真の言葉。
…何日か前まではあんなに拓真を毛嫌いしてたはずだったのに。
いまは…今は拓真のキスがこんなに心地いい。
「たく……ま……？」
『お前…鈍感すぎ』
拓真が言ってた言葉の意味。こうゆう事…だったんだね……？
バカだな私…今頃理解したよ…………（笑）

こつん…。
「これで…わかったろ？」
「え…………」
「おれは〜〜！ずっと、ずーーっと！！咲稀のコトが好きだったの！お前は…俺のコト…超大嫌いかもしんないけど…」

同じ高校を選んだのも、バス時間を合わせたのも、ぜんぶ…全部私のため。私と一緒に居たかったため……。
でも彼女…彼女は？いつも取っ替え引っ替えいろんな子に電話してたじゃない。
「たっ拓真…彼女居るんでしょ…？それなのに…っそんなコトあたしに言ってい…いいわけ？！」
「だ〜〜〜〜っ！！そんなもん初めからいないしッ！好きな奴いんのに彼女なんか作るわけねーだろ！」
「え……。じゃ…じゃあ全部嘘ってコト…？？」
下げていた顔をゆっくり上げて、拓真の顔を見つめる。
「俺は〜〜〜っ、１６年間彼女なんて居ません！！！…俺の隣は、俺のと・な・り・はっ、ずっと咲稀って決まってんの！」
見上げた視線の先。
くしゃくしゃ………くしゃくしゃくしゃっ。
耳まで真っ赤な拓真の姿が、はにかみながらくしゃくしゃ頭を撫でる指先が…視線を釘付けにした。
きゅうん…ッ。
そんな拓真の姿があまりにもいじらしくて。あまりにも、愛おしくて。

「あの…さ？拓真……？」
「ちょっと待て！返事は今すぐじゃなくていい──…」
「…………き…」

「え………？（笑）」
私も、拓真に負けないように私も、
「私も、拓真のこと好きっ……………好きかも？？！！」
精一杯の告白――――――。

「いってきまーす♪」
夢のような夜が明け、次の日。私はいつもどおりバス停へ
向かった。
チャリンチャリン――…ぴっ、
バス停前の自販機前。
ガコン！！
ホットミルクティーを買ってベンチに腰を下ろす。
「幸せ～～～～♪」
いつもと変わらない日常。いつもと変わらない風景。
でも。…でもね？たった1つだけ違うコト。それは…。
「…拓真！こんなとこで寝てたら風邪ひくよ～？おーい！
起きろ～～っ」
「んぁ～もうちょい寝かして」
私の大好きな場所に、拓真が居る。
「ぷっ、かわいい……♪」
私の隣に、拓真が、大好きな人が居る 。
「ね～拓真ってば！！本当に起きてよ～バス来ちゃうッて

ば………」
グイッ！！！
「ぎゃッ！！」
ちゅっ♪
「咲稀…好きだよ………」
バス到着１分前。
「あたしも………好き、大好き…！！」
私達の恋は一歩ずつ動き出した。
少しずつ、ゆっくり進んでゆこう。
ブルルル────…。
「こほんっ……えーとお客さん？発車しちゃいますよー？？」

あなたと私と…、
２人で。

―END―

love☆Momoka
Seven☆love 2

こんなに大好きなのに…
なんであたしが1番じゃないの…?

ぎしっぎしっ、
「はぁっ…シンちゃんっ」
日野桃花。21歳。
今日もあたしは彼とのSexに悶え、そして…ドツボにはまってる。
「もう俺、駄目…っ」
それがたとえ、
「やぁ………………っ！！」
愛のない、Sexでも…………。
「やっぱエッチは桃花が一番だなッ♪すげー気持ちよかったよ。ありがと…」
「ううん…あたしも超気持ちよかった♪今度は…いつ逢える？」
乱れたベッドの上、煙草の甘い匂いが鼻を掠める。
「ん〜最近仕事忙しくてさ。次はいつって今は言えない」

横で満足そうに煙草を吸う片野信哉。5つ年上のこの人が、あたしの愛しい愛しい…彼。…あたしの大好きな人。

「え〜…なんで〜…？」
ブーブ─…。
「あ。わりぃちょっと静かにしてて」

ただしシンちゃんを『彼』と思っているのも、シンちゃん

の『彼女』って思ってるのも、実はあたしだけで。
ぴっ、
「もしもし…ひとみ？どーした？うん。わかった。じゃあこれから行くよ。うんじゃあな！」
彼には、シンちゃんには…愛して止まない、本命の『彼女』がいる。
「……もう行っちゃうの…？」
「うん。なんかあいつの犬がさ調子悪いみたいなんだよ。わりぃ…桃花。また今度必ず埋め合わせするからサッ」
「……つまんないの」

そうあたしは２番目。

エッチしたい時だけの Sex したい時だけの、
「行っちゃ……やだ…。今日はあたしとずっと一緒にいるって約束してたじゃん…」
『都合のいい女』。
「…なんだよ～、そんな顔すんなって！！」
「だってぇ……」

こんなんじゃいけないって思ってる。…でも好きだから、大好きだから仕方ないじゃん。周りがなんと言おうと、あたしは彼とのこの関係を止めるなんて考えられない！ってそう思ってた。

「ん……ッ」
「俺が帰ったからって浮気すんなよ？わかった？桃花…」
「…ん」
そう…キミと、
バタン！
「…バカみたい。あたし…」

彼と出逢うまでは――――…。

「おは〜♪モモっ！」
「あ…おはよ〜ッ小百合♪」
ある日の日曜日。あたしは久しぶりに親友の小百合と街へ繰り出した。今日はいい天気。胸の苛立ちを隠すように、メイクも洋服もバッチリ決めて、繁華街へ向かってる。
「あれ？なんか小百合…今日ツヤツヤしてない？」
「…実は昨日、久しぶりに彼氏が泊って…燃えてしまいました♪１ヶ月ぶりだもん、おかげで寝不足だよ〜あはは♪」
「いいなぁ。羨ましい……」

小百合には遠距離恋愛してる彼氏がいる。ふらふらなんかもちろんしない。遠くに住む彼氏に逢いに行くため毎日毎

日、バイト三昧。離れていても続くのはやっぱりお互いが信頼し合ってるから、愛し合っているから…。

「お昼どこで食べるー？」
「ん〜…あたし中華がいいな♪」
「ええ？！！あんな油ぎとぎとの中華なんてやだ〜！ブタになるよ〜？！」
あたしはそんな彼女が小百合が、…すごく羨ましかった。
「モモは？モモは相変わらず彼氏なし？」
「ん…まぁねぇ〜」
歩きながらあたしは苦笑い。
「モモさぁ〜。可愛いんだからもっと自分に自信持ちなよ！…てかなんで彼氏が出来ないのかすごく不思議。こーんなに可愛いのに。絶対おかしーよ！」
「またまたぁ♪そんな誉めたってなんも出ないんだからね〜？」
ごめんね小百合、嘘ついて…。でもでもね？あたしの恋、自慢できるような恋じゃないんだ。だから…言えない。
ふらっと入った、ランジェリーショップ。可愛いフリフリレースの下着を体にあてながらはしゃぐ小百合の姿は、羨ましいくらい…幸せそう。
「ねぇねぇモモッ♪これ、おソロで買わない♪」
「え〜（笑）。あたしはいいよぉ〜！そうゆうの似合わないし…」

「またぁ～そんなの着なきゃ分からないじゃんッ！…じゃあ決まりね！すいませ～ん！これお願いします♪♪」
「あ？！！ちょ…ちょっと小百合？！！」
もう！小百合ってばいつも強引なんだから。でも……シンちゃんはあたしがこんなの着けても、きっと気付いてくれないよ。
色とりどりの可愛い下着を眺めながら、1人切なくなってる。
「あっ！そうだモモ！これからうち来ない？今ね彼の地元の友達が遊びに来てるんだぁ～♪ 4人で一緒にご飯食べよーよ♪ モモ明日も仕事休みだよね？帰るのめんどくなったらうち泊まればいーんだし♪」
「えーでも久しぶりに逢ったんでしょ？いいの？貴重な時間なのに」
「全然オッケーだよぉ♪♪人数いた方があたしも楽しいし♪」
買ったばかりの下着をあたしに手渡しながら、にっこり笑顔の小百合。
最近…落ち込み気味だったからなぁ、あたし。…気分転換にはちょうどいいかも。
「うん…じゃあ…お邪魔しよっかな」
「本当？！！じゃあ今からスーパー行って買い出ししなきゃ♪ ほら！いくよ～♪♪」
強引な小百合に連れられて、あたしはマンションへ向かった。そこで…『運命』の出逢いをするとも知らずに───

————…。

ガチャ。
「ただいまぁ〜高史〜」
「おかえり〜…あっ！日野じゃん！超久しぶり♪元気だった？」
「あっうん！元気だよぉ〜！」
　ドアを開けた瞬間、懐かしい顔と、懐かしい声が、堕ちたあたしの心を少しだけ…温かくさせた。
　小百合の彼氏は、あたし達と同じ高校の同級生。
　卒業以来の再会に…あたしも笑顔が零れる。
「……石井…もしかして老けた？？」
「はぁ〜？！！この俺様のどこが親父だってゆうんだよっ！超かっこいいだろぉ？てか…相変わらず日野は、毒舌だなッ（笑）」
　小百合といい石井といい…高校の時から全然変わってない。
　やっぱり来てよかったな。
　両手いっぱいの荷物をキッチンへ置いて、ビールが並んだテーブルの前へ腰を下ろす。
　差し出されたビールを口に含みながらあたしは久しぶりの再会を喜んだ。
「あれ〜？そういえば昌樹クンは〜？」
「あっあいつ？今煙草買いに行ってるよ」
　ふーん……小百合がさっき言ってた石井の友達って昌樹っ

ていうんだ？どんな子なんだろ。
カタン…。
でもあたしには関係ない。あたしには…。
ガチャ。
シンちゃんが居るもん。

「あっ、おかえり～昌樹クン！」
「おっせーよ、お前〜〜ッ。あっ！！日野！こいつ。北嶋昌樹ってゆって俺の中学の後輩。かっこいーだろ♪」
身長はそんなに高くないけど整った綺麗な顔立ち。すごく印象的な茶色い瞳が、あたしの目を釘付けにした。
「あいつは日野桃花。高校の時の同級生なんだ」
うわ…キレイな子……。
「初めまして…日野です。よろしく…」
「あ…よろしく！桃花さん」
キレイ過ぎて、まともに顔見れないよ。

これが、あたしと彼、北嶋昌樹クンとの出逢い。あたしを変えた運命の出逢いだったんだ。

「昌樹クンって彼女…いるんだっけぇ？」
「あ〜…今はいないっス（笑）」
部屋に漂うお鍋のいい香り。酔っ払いの小百合が、昌樹クンにとんでもない事を言い出した。

「いないなら…モモなんてどぉ～う？あたしのお勧めだよ～♪♪」
さ……小百合？！！！
「可愛いし、料理もそこそこするし、好きになったら真っ直ぐだから浮気もぜーったいしないし♪ねーモモっ♪」
「え？！！！」
ちょっと…小百合？あたしの許可なしにそんな勝手な事言わないでよぉっ！
「小百合ー…おまえ飲み過ぎ！日野も北嶋も困ってるじゃん」
「え～？？きゃは♪」
それにあたし。好きな人…いるし。

～♪♪♪♪♪
その時、バッグの中の携帯がタイミングよく鳴って、みんなの視線があたしに集中。
「なーに電話〜〜？」
「あ…うん。ごめんちょっと話してくる」
携帯から響く音楽は、きらきら輝く着信ランプは、

【着信　　シンちゃん】

大好きな人からのラブコール。
バタン！！

今日は彼女と逢ってるはずなのに……どうしたんだろう。
玄関のドアにもたれて携帯を開く。時計を見るとＰＭ１０時。いつもなら、本命の『彼女』と逢ってる時間。
「もしもしシンちゃん？こんな時間にどうしたの？！」
『あ～桃花～？』
携帯を耳にあてて、大好きな人の声に耳を傾ける。
「なんかあったの…？」
『……うん。あのさ、今から逢えない？？』
「え…」
『久しぶりに喧嘩しちゃってさぁ、家追い出されちゃった。だから今日泊めてよ。いいだろ？』
……なんだぁ。そうゆう事…。せっかく楽しく飲んでたのにな。
携帯越しに聞こえる、シンちゃんの切ない声。
胸が締め付けられる瞬間。
「…わかった。３０分くらいでそっち行けるから家で待ってて？」
『サンキュー桃花。じゃあ待ってるから。…愛してる』
───愛してる。
「嘘つき………愛してなんかないくせに…」
こんな事…初めから知ってたはずじゃない。なのになんで…、
「………っ……！」
悲しいんだろ。こんなに…悲しいの…。

想っても想っても決して報われない恋。そんな恋をしてる自分が惨めですごく情けなくて。
「シンちゃ………っシンちゃんのバカぁ……っ」
気付くとあたしの目からは零れ落ちそうなくらい涙が溢れてた。

カチャ…。
「モモ〜？遅い〜！なにやってたのよぉ〜！」
「あっごめんごめん！…あのさ？あたし用事できちゃったから…もう帰るね！」
「えっ？！！どーして？」
早く…早くしなきゃ。
「今度はうち来てよ！あたしがご馳走するから…じゃあ小百合！また連絡するから…ッ！！」
「はっ？！日野？！！」
もぉ……限界…………っ。
バッグとコートを手に取って、逃げるように小百合の部屋から飛び出す。その瞬間、あたしの目から涙が零れた。
「………っひくっ……！！」
こんなに。こんなに、シンちゃんのこと大好きなのに…なんであたしが一番じゃないの…？二番なの…………っ。
どうしようもないくらい涙が溢れて止まんない…………。
階段を駆け降りてやっとの思いで外へ辿り着いた。あたしの目からはまだ涙が滲み出てる。

「はぁ…っ…もっ…桃花サンッ！！！」
ま……昌樹くんだっ。
突然聞こえた声に、慌てて涙を拭う。涙の跡がバレないように必死で笑顔を作ってるあたし。
「桃花さんこれ…！！忘れ物！」
「あ……」
「中身は見てないんでっ…はぁ…っ……」
「わ…わざわざありがとう。じゃあ…あたし急ぐから…」
「あっ！！ちょっと待って！！」
小さな紙袋を受け取ってタクシーを止めようとしたその時、あたしの手を昌樹クンの手がつかんだ。
「よっ…余計なお世話かもしんないけど…桃花さんさっき泣いてたでしょ？俺、すごく気になって…ッ」
「え…………」
「こんな俺でもよかったらいつでも話聞くから…だからメールください！」
………バレてたんだ？
あたしの手の平に小さな紙切れをねじ込んで、まるで心の中を見透かされてるかのような昌樹クンの言葉。鼻の奥がツーンとして…涙腺が緩んだ。
やばい…泣きそう………ッ。
「なっなに言ってんの？別になにもないし、それにあたしっ、泣いてなんかないよ？やだなぁ昌樹クン！酔っ払っ

てる？」
「イヤ…っでもっ！」
「そんな事より早く戻らないと石井にまた怒られるよ？…じゃあまた…ねっ！！！」
壊れそうなくらい、堕ちそうなくらい、限界ぎりぎりの自分を必死でコントロールして。
あたしは通りかかったタクシーに乗り込んだ。
バタン！！

「×町まで……っお願いします…っ」
どんどん小さくなる、昌樹クンの姿。サイドミラーから視線を外すとあたしは、そっと…手を開いた。
「…別に話なんて聞いてほしくない。本当…余計なお世話だし……っ」
ノートの切れ端に乱雑に書かれた携帯番号とメールアドレス。コートのポケットにそれをねじ込んで、あたしは、
「あの……急いでもらえますか？？」
シンちゃんが待つアパートへ急ぐ。そう、大好きな人のもとへ……………。シンちゃんの…もとへ…。

カチャ…………。
「シンちゃん？シンちゃんただいま…」
「あ～…桃花ぁ～ッ」
玄関を開けてすぐ鼻を掠めたお酒の匂いと部屋中に散ら

ばった空き缶に……あたしの足が止まった。
「…大丈夫なの？こんなに飲んじゃって…明日仕事でしょ？」
心臓は針が刺さったみたいにちくちく痛んで、嫌でも…彼女に対する想いの深さを見せつけられる。……あたしが一番嫌いな瞬間。
普段はお酒なんて一滴も飲まないのに。
ねぇシンちゃん……？
「キャッッ！！」
「桃花ぁ～俺のこと慰めてよぉ～、今すげー寂しい…ッ」
彼女と喧嘩した時はお酒の力を借りなきゃやってらんないくらいシンちゃんは…堕ちるんだね………？
「…シンちゃん……」

あたし…あたしは……？あたしと喧嘩した時も…そんな悲しい目、してる………？そんなに切ない表情…してくれてる…………？

カラカラ———…。
大きなベッドの上。虚ろな目であたしを見つめるシンちゃんは、強引に下着を剥ぎ取ってあたしの上に覆いかぶさった。
ググ———…、
「ハァ…桃花ぁぁッ」

あなたの視線の先にあたしが映っていなくても、
「…はぁ…っ!」
…今、こうして一緒にいれる事が時間を共有できる事が
……あたしの幸せ。一番の……幸せ。そうだよね…………?
そうでしょ…?あたし…。
「シンちゃん…っ大好き………っ」
軋むベッド。彼の温もり。涙で滲む天井を見つめながら、
今夜もあたしは…愛のないSexに酔いしれる───────
………。

★　★　★

「はぁ～…気持ちいいな……」
澄んだ青空を仰ぎながらつかの間のランチタイム。今日から12月。キラキラ、イルミネーションが一番…映える季節。
「…別にあたしには関係ないけどさ……」

シンちゃんとは相変わらずの関係が続いてる。出かける訳でもなく、あたしの家でただだだお互いの肌を重ねるだけの日々。だって…あたしの家が、本命の彼女にバレない唯一の安全地帯だったから。

ぱく…。
「ん～♪煮物おいしーっ♪」

どうせ…イブは彼女と一緒。二番目のあたしなんて、
「あれ………？桃花さん？」
「…………え？」
ほったらかしに決まってる。
「久しぶりっす。桃花さん！」
聞き覚えのある声。あたしはふと視線を横に向けた。
黒いエプロンに両手にいっぱいの花。笑顔であたしに話しかけたその人は、昌樹クン。あたしの涙を見破った北嶋昌樹クンだった──…。
うわ……バイトしてるって聞いてたけど。まさかこんな近くでバッタリなんて思わなかったな。
「こっ……この辺でバイトしてるんだ？花屋さんだよね？確か…すごい似合ってるよ、その格好…あははっ」
「えっ………？！」
やだな。どうしよう？？なに話せばいいんだろうっ？
この間の涙が頭を過(よぎ)って、なんだか少し気まずい。
「よかった…桃花サン元気そうで」
「えっ…」
「俺、あの日以来ずっと…桃花さんの事心配でたまらなかったから」
そう呟いた昌樹クンはゆっくり…さりげなくあたしの横に腰を下ろして、口を開いた。
「俺……俺じゃ、無理ですか？」
「え……」

「桃花さんの事。好きになってもいいですか…？って正確に言うと本当はもう好きになっちゃってるんですけど」
「………………」
冗談……でしょ……？たった一度だよ…？ほんの数時間…一緒に飲んだだけなのにそれなのに…好き？？ありえない…そんなの…。
昌樹クンの姿がシンちゃんと重なる。シンちゃんも…そうだった。

★　★　★

１年前の夏。合コンで知り合ってその数時間後にはもうあたしは…、
『あ…………っ…』
シンちゃんと Sex していた。
──俺と付き合って。
そんな言葉を真に受けたあたしも悪かったかもしんない。でもあたしは…一目惚れだったんだ。
『あの………片野サンあたしっ…片野サンの彼女になり…たいっ。駄目ですか……？』
だから体を重ねた。シンちゃんを受け入れた。…それなのに、………それなのに。
ブーブ……、
『…シンちゃん携帯鳴ってるよ？』

『ん〜…眠い…』
『もぅシンちゃんってば』
パカ………。
【着信　　ヒトミ】
『……ねぇシンちゃん？？ヒトミって…誰………ねぇ…シンちゃんっっ』
シンちゃんには……付き合ってる彼女がいた。
『うるせぇな……彼女だよっ』
あたし…は裏切られたんだ。だから。

　　　　　　★　★　★

「あたし…昌樹クンが思ってるほどいい女じゃないよ？騙されてるから（笑）。それにあたし…年下って好きじゃないんだよね！だから悪いけど。…ごめんね？？」
「………………」
この人も一緒。昌樹クンもシンちゃんと一緒…。
「…好きな人。居るんですか？」
どき………、
ベンチを立とうとしたあたしの動きが止まる。
「え？（笑）」
「好きな人でも…居るんですか？」
「なっ……なんでそんな事昌樹クンに言わなきゃいけないの？関係ないじゃない」

41

「…………………」
グイッ！！！
「イッ…ちょっとなにすんのよッ離してっ！！」
お弁当箱が入ったトートが地面に転がる。昌樹クンは…あの時と同じ瞳であたしの腕をつかんだ。
「あいつの事」
「あ……いつ……？」
「あいつの事が…そんなに好きなんですか？！！」
…あいつって……シンちゃんの…事………？
なんで昌樹クンが、シンちゃんの…事、知ってるの…………？！！！
「な……なに言ってるの…？！あいつって誰……？訳わかんないっ……離して離してってばッ！！」
「やだ…離さないっ」
「〜〜〜〜〜〜〜〜っ」
「俺はッ！！！俺はあいつの…っ片野信哉の従兄弟なんだよッ！！！」
え…………い……とこ…？
「桃花さん知ってるんだろ…？あいつに彼女居ること！それなのになんで…なんで…っ」
「…して…」
「桃花サンッ」
「離し…て………ッ！！！」
バシンッ！！！

辺りに響く鈍い音。気付いたら、あたしの手の平は昌樹クンの頬を捕らえてて、
「……ッ」
驚いた昌樹クンがあたしをじっと見つめてる。
「はぁっ……好きだとか…従兄弟だとか…ッさっきからなんなの？！！ずかずかとあたしの中に入ってこないでよッ！誰と付き合おうが昌樹クンは関係ないし言われたくないっ…干渉しないでっ」
「俺はッ！！！俺は…ッ桃花さんがあいつと知り合うずっと前から…好きだったんだ、ずっと見てたんだ…ッだから…ほっとけない…ッあんな奴のために泣く桃花さんの姿、もう見たくないんだよッ！」
──愛してる。桃花…。
あたしの気持ちなんかっこれっぽっちも分かってないくせに…。
「………いて……っ」
シンちゃんをどれだけ好きかなんて…っこれっぽっちも…。
「ほっといて…もうほっといてよッ！！！」
バンッ！！！！
知らないくせに………………っ！！！
「桃花サンっ！！！！！！」
拾いあげたトートを投げつけて、あたしは…逃げ出した。
どうしようもないくらい頭の中はパニック状態。目からはまた…涙が溢れてる。

「シンちゃん…シンちゃんッ！！ひく……っ」
携帯を取り出して、大好きなシンちゃんの名前を呼び出した。

ぴっ、
プルルル――…プルル―…。
逢いたい…逢いたいよぉ…シンちゃん…っ。
プルルル――…プルル―…、
今すぐ……逢いた…いっ……、
無機質に鳴り響く、呼び出し音。
プルルル――…プルル―…、
あたしとシンちゃんを繋ぐ、唯一の…、
「ひ……っ、シンちゃ……っ」
呼び出し音――――…。
『………もしもし』
「シンちゃ…っ！」
何度目かの呼び出しの後。大好きなシンちゃんの声があたしの耳に響いた。
『………んだよッ！いきなり電話とかしてくんなよっ。今日はあいつと一緒だからって喋っただろ？！！なぁ～頼むよ～桃花！あいつにバレたらどうするんだよ～』
「ごめ…っでもあたし…っ、どうしてもシンちゃんの声聞きたくて……っ。ねぇ……シンちゃ…っ逢いたい…ッ、逢いたいよぉッ！今すぐ桃花のとこに来て…っヒッ！！」

44　love☆Momoka

『はぁ？！！どうしたんだよ無理に決まってるだろッ！！いつものお前らしくない、一体どうしたんだよ！』
「だ……って………っ」
『だってじゃねぇよ！！ったく…勘弁してよ…はぁ…』
耳に響くため息。
———ねぇ誰ぇ〜？
彼女の甘い声。
ぽたぽた頬を流れ落ちる涙を必死に拭いながら、それでもあたしは…必死でシンちゃんに話しかけてる。
「…もう…もう…あたしどうしたらいいか分かんないのッ…どこまで…ッシンちゃんの事好きになっていい…の…ッ？ねぇシンちゃん…っ教えて…？教えてよぉ……」
こんな事したってあたしの気持ちは届かない。そんなの分かってる。
「シンちゃん…黙ってちゃ…っ分からないよぉ……っ」
どんなに好きになったって自分が惨めになるだけ。虚しくなるだけ。でも…それでも…あたしは彼の温もりを感じたかった。
『…ッいい加減にしろよ！怪しまれるからもう切るかんなッ？！』
抱きしめられたかった。
「やだっシンちゃ…切らないで……っ」

———プー…プー…プー…。

「あは…あはは…。なにやってんだろあたし…ッ……バッカみたいっ………！！！」
もぉ…やだ………。一番じゃない…恋なんて……。

「でへへ～～♪ちょーうまい————！！！」
もうイヤだよ————………。
ワインにたくさんのおつまみを買い込んで、あたしは…今、強くもないお酒を、ムキになって飲んでる。
トポトポトポ——…。
「わわっこぼれちゃう～♪あは♪」
零れちゃうくらいグラスに注いで、
ごく……、
「……おいし……♪」
飲み慣れてない真っ赤なワインをごくりと飲み干す。
気持ちを想いを、すべての事を忘れたい…消去したい。
……その一心だった。
このワインを何本空けたら、あたしの想いは…消える…？
あたしの体から…シンちゃんが消えてくれるの…？
ねぇ…誰か教えて…？あたし…バカだから分かんない。

～♪♪♪♪♪

「あ～♪携帯が鳴ってるぅ～♪」

分からないよ……………。
ぴっ。
鳴り響いた、着信音。上機嫌でボタンを押した。
「もしもぉ〜し♪」
『……桃花さん…？』
誰……？この人……？
「だぁれぇ？あたしあんたなんか知んな〜い」
『…北嶋です』
「きた…じま……あ〜！♪シンちゃんの従兄弟さんだぁぁ♪でもなんであたしの番号知ってるわけぇ〜？あたし昌樹クンに教えてないよねぇぇ？？あ〜！もしかして小百合から聞いたのぉ〜？」
『うん。どうしても昼間の事謝りたくて…。桃花さん…これから逢えない？』
「……………え〜…？（笑）」
誰かに抱かれたら…。シンちゃん以外の誰かに抱かれたら、あたしのこの想いは…消えてなくなってくれる…？
『………桃花サン……？』
「ん…。分かった………」
誰でもいい…。温もりを感じたい。寂しいあたしを…、
『え……………？』
癒(いや)して欲しい。
「………今すぐ来て……？」
なにがなんだか分からないくらい体にお酒が浸透してたあ

たしは、気付いたら昌樹クンを呼びつけてた。

ピンポーン…………。
カチャ。
「……本当に来てくれるなんて思わなかった（笑）。…小百合から住んでるとこ、聞いたの……？？」
「……うん…」
２０分後。インターホンが鳴って、玄関の前には、今にも泣きそうな昌樹クンが立ってた。
「そんな顔しないでよ。話しづらい（笑）」
「すいませ…ん…」
昌樹クンの手を引いて、部屋の中へ。ソファーに腰を下ろしてあたしは…ワインを一気に飲み干した。床に散らばるワインボトル。
「はぁ〜おいしい〜…♪」
それは…あたしの想いの数………。
「………これ。全部桃花さんが１人で空けたんですか？」
「うんそうだよぉ♪昌樹クンもどう？これ結構おいしいんだよぉぉっ？ヒクッ」
トポトポトポ——………。
「もう止めてよ……」
「え？なぁに？よく聞こえないんだけど———…」
「もう止めろよッ！！！」
ガシャン————。

「なんで？なんであんな奴のために…ここまですんだよ？！！…俺ッ、本当に謝ろうと思ってた…でもっやっぱ無理、限界、っ。見てらんない……見てらんないよっ………！！」
響き渡った大きな声。床に広がる、真っ赤なワイン。その瞬間、あたしは昌樹クンの腕で、強く……、
「桃花サン———…っ！！」
抱きしめられた。
肩を震わせてあたしを抱きしめる、昌樹クンの腕はとても温かくて…。
あたしは吸い込まれるように、
ぎゅう………、
昌樹クンの胸へ顔を埋めてる。
このまま…このまま昌樹クンを好きになる事が出来たなら、シンちゃんを忘れる事が出来たなら。
どんなに楽だろう。
「俺が……俺が桃花さんを守る…ッあいつから桃花さんの事守ってやるからだからっ！！」
こんな優しい言葉を言う昌樹クンを好きになれたなら…………。
「もぉ…止めてよ………っ！！」
いつもいつも、辛い恋ばかり。一方通行の恋ばかりだったあたしの心に…昌樹クンの言葉が、…優しく響いた。
「桃…花さん……？」
もう止めよう？もう終わりにしよう…？

自分のために。こんなあたしを想う、彼のために──…。
薄れてく意識。あたしは、
「シン……ちゃ……」
深い眠りについた…………。

「イタタタタ………ッ」
次の日の朝。物凄い頭の痛みで目が覚めて、やっとの思いで起き上がったあたしは部屋の中を見回して苦笑い。
だって…女の子の部屋とは思えないほど、最悪な状態。
「……すごい部屋…………（笑）」
しかもあたしの隣には、
「ん〜〜……桃花サ……ン…」
毛布に包まって寝息をたてる昌樹クンまで。
「あたし…あのまま寝ちゃったんだ……」
断片的にしか覚えてないけど、微かに残る彼の温もり。
──俺が……俺が桃花さんを守る…ッ、
優しい言葉。
少しずつ、飛んでた昨日の記憶が繋がっていく。
「う………ん〜…あ………っ！！桃花サンっ？！！」
「あ…おはよう…！（笑）」
「…おはようございます。ってあ！！俺なんにもしてないからッ！ほらっ桃花さんの洋服も…っ」
やだな…昌樹クン。そんな真っ赤にならないでよ？
「…やばい…俺、寝るつもりなかったのに…桃花サンごめ

んっ本当に──…」
あたしまでつられちゃうじゃん。
「昌樹くん。昨日は…ありがとう。あと…変なとこ見せちゃってごめんね？」
ベッドから降りて、ゴミを１つ１つ拾いながら反省の言葉に、決意の言葉。
「ううん、謝らないで！…桃花さんをこんな風にさせたのは…全部あいつが…信哉がいけないんだから。桃花さんは悪くないよ？それに…謝るのは俺の方だし…。自分の気持ちばっかで、俺。桃花さんの気持ち無視してた。ごめん…」
「気にしないで！…昌樹クン間違った事言ってないよ、あたしが。あたしがいけないんだから。さ！それにもうあたし決めたの。もうこんな事するの止める、自分の気持ちにケジメつけるって！」
「…ごめん…ッ！！」
「え……？」
ゴミを集めてたあたしの手が止まる。後ろを振り向くと、申し訳なさそうに頭を下げる、昌樹クンが居た。
「ど…どうしたの？？？」
「昌樹ク……ン？？」
「俺……ッ！！」
「え？」
「俺…っ桃花さんに…嘘ついてた…っ」
「嘘って…なに…」

「俺…本当は俺あいつの従兄弟なんかじゃないんだッ！！」
「……………」
「本当はっ同じアパートに…あいつの隣に住んでるだけなんだ…ッ。嘘ついて…騙して本当にごめんッ」
はじめから…嘘だって分かってたよ？でももういいんだ。
「俺何度もアパートの前で桃花さんとあいつが喧嘩してるの見掛けて、それで…ッ」
昌樹クンがシンちゃんの従兄弟でもそうじゃなくても、ゴミでいっぱいになった袋の口をぎゅっと縛って、あたしは笑顔で答えた。
「もう…もういいよ…」
「……えっ？！」
「だから〜…もういいって言ったの！もうそんな事、気にしてないから♪」
「で…でもっ」
泥酔してたけど、鮮明に覚えてる昌樹くんの言葉。
――守ってやるから…。
「いいーの！…あたしも昨日昌樹クンに迷惑かけちゃったし。てか…見られてたんだ〜シンちゃんと喧嘩してるとこ。恥ずかしいな。あはは♪」
「桃花さん………」
昌樹クンの嘘も、今までのあたしの気持ちすら打ち消しちゃうくらい…臆病だったあたしの心を傷付いたあたしの心を救ってくれた。

「あたしね?…ちゃんと話すよ。逃げないで彼とシンちゃんと向き合うから…だからもう心配しないで?ねっ?」
昌樹クンは、気付いてないかもしれないけど、本当に…本当にすごく嬉しかったんだよ??
泣き出す子供をなだめるようにあたしは座りこむ昌樹クンの頭をぽんぽん軽く叩く。
「昌樹クンの事も……真面目にちゃんと考えるから。じゃないとあたし…石井に怒られちゃうし(笑)」
「えっ?!!いやっ、俺別にそんなつもりじゃ……分かり…ました…」
あたしの中のこんがらがった糸が真っすぐになった瞬間だったんだ。
カチャ…。
「……桃花さん本当に大丈夫ですか?なんかあいつに…なんかされたらすぐ電話ください!俺、すっ飛んでくるし!」
「あは!ありがと。…じゃあ…またね?昌樹クン!」
ドアの前。昌樹クンの後ろ姿を見送って、
パタン…。
静かにドアを閉めた。

「もう…もう昨日までのあたしじゃない。今日のあたしは…新しいあたし。生まれ変わった…新しいあたしっっ」

★　★　★

そして…それから２日後。自分の気持ちにケリをつけるため、あたしはシンちゃんを家に呼んだ。
「お前…俺の事好きだったんだよな？」
「…うん。だから？」
「だから…って…別れるなんてお前本気で言ってんの？うそだろ？（笑）」
修羅場覚悟だったけど、思ってたよりもずっとあっさりだったから、ちょっぴり寂しかった。でも、
「冗談でこんな事言うと思う？…もうシンちゃんの事好きでいるの疲れちゃったの。だからもう…連絡してこないで」
不思議と涙は出なかったんだ。泣き虫で甘ったれの、あたししか知らなかったシンちゃんは、
「〜〜〜〜ッなんなんだよ…っ一体？！！」
そんなあたしを見てパニックになってたけど。
「はぁ〜…わかったよ。ばいばい。桃花」
「………ばいばい…」
パタン―――…。
遠のく足音。静まりかえる、リビング。
「ばいばい…シンちゃん…ばいばい。……片想いだったあたし…！」
１年と２ヶ月の長い長いあたしの片想いは、
「バイバ―――イっ！！」
こうして、………終わった―――…。

★ ★ ★

「モモ〜きたよ〜♪♪♪」
「いらっしゃーい♪上がって上がって!」
あたしの恋が終わったあの日から、気付いたら2週間も経って今日はクリスマスイブ。
この間の飲み会の続きをうちで開くことになって、久しぶりに見慣れたメンバーが勢揃いしてる。
「あれ?高史!昌樹クンは?」
「あ〜あいつ?なんか寄るとこあるから少し遅くなるって」
「ふー…ん、そうなんだ?だって!モモ♪」
「!!てかなんであたしにふるのぉ?!別にあたしと昌樹クンそんな関係じゃないしッッ!」
「あはは〜♪モモってば分かりやすーい!顔真っ赤だよぉ〜♪♪」
「そんな事ないよッ!!小百合のバカッ!」
赤くなった顔を隠すように、足早にキッチンへ向かった。
がさ…がさっ、
昌樹クンに真剣に考えるってあたし言っちゃったけど…どうしよう?シンちゃんの事もあったし…人を信じるのまだちょっと恐いな。
「あれ?小百合ー!シャンパンは〜?肝心な主役、忘れちゃ駄目じゃんっ小百合ってば!」

シンちゃんとの恋に未練なんか全然ない。逆にスッキリしたくらい。でも…でもね？…人を好きになって同じくらい大好きになって、また裏切られたら…そんなネガティブな事考えちゃうんだ。
「はぁ〜〜……。こんなんじゃ、いつまで経っても次の恋に進めないよね？？…駄目だなぁ。あたし…」
「シャンパンならここにあるよ♪モーモ♪」
びくっ！！
そんな時、いろいろあったあたしの事なんてなに１つ知らない小百合が笑顔でやって来た。
「なっなんだぁ？小百合が持ってたんだ？！てっきり忘れたのかと思って買いに行こうと思っちゃった！」
「そんなドジなんてしないよ？失礼なんだから〜モモってばっ！」
「だよね？あはは♪」
買い物袋からお菓子を出しながら苦笑い。
…う。小百合ってばあたしの事ジーッと見てるっ。
「な…なに？？顔になんかついてる？？」
「なによ、しらばっくれちゃって♪このこの〜♪」
つんつん♪何度も腕を小突きながら話しかける小百合。
「モモ〜？本当のとこ昌樹クンとはどぉなのよぉ〜♪」
「え？？なっなんの事？？」
「モモってばとぼけちゃって♪この間昌樹クン、ここに来たでしょ？？隠しても駄目なんだからね♪あたしが住所教

えた張本人だし♪」
がさがさがさっ。
「だっ…だからぁ〜！！別になんにもないって！！しつこいよ、小百合っ。…それにあたしこの間失恋したばっかだし…まだ次の恋なんて………」
あ………。やばい言っちゃった………。どうしよう。小百合きっと、めちゃ怒るよ……。
ちら……、
恐る恐る小百合を見てみる。
「失……恋…？なに…それ。あたし初耳だけど……？てゆーか…モモ？あんた彼氏いたの…？」
…やっぱり怒ってた。唇をぷるぷるさせながら、今にも怒鳴りそうな…勢い…。
「あ〜う…ん。彼氏とゆうか…あたしの一方的な片想いだったんだけどねっ……あはははは」

昔から、『隠し事はなしっ』てあたし達の間で決まってたから（とくに恋愛に関しては）小百合が怒るのも無理はないよね……？あんまり思い出したくないけど、正直に小百合に言わなきゃ…。

「……ごめん。言おうって思った時もあったんだけど…ちょっと複雑だったから…。ずっと言えなかったんだ……。ごめんね？？小百合……」

「……やっぱりねぇ〜！」
「………え？！」
予想外の言葉に思わず小百合を見つめた。
「やっぱり恋してたんだねっ、モモ…。前みんなで飲んでた時、おっかしいな〜って思ってたんだ〜。訳言わずにいきなり帰るって言いだすからサッ！！それに…なんか泣いてたみたいだし？」
カチャ…、
「それで？その人と終わったって言ってたけど…どうゆう関係だったの？あたしに今までずっと黙ってたんだからもう全部！！白状しなさいよね？？」
グラスを出しながら、軽く睨む小百合にあたしは…観念して、今までの事を全部話した。
「あのね………？」
……案の定小百合は絶句。涙さえ浮かべてる。
「……そんな辛い恋だったなんて思わなかった。ごめん…モモ？忘れたい恋なのに…あたし…全然知らなくて…。余計な事聞いちゃったね…」
「えっえっ？！ちょっと泣かないでよ小百合！」
「だって…だって……っ」
自分から白状しなさいって言ったクセにっ泣くなんて…。小百合…ズルいよっ…！
「もうあたしの中ではきれいさっぱり終わってるの！だからこうして小百合にも全部話したしッ！だから小百合泣か

ないでよォッ、あたし全然大丈夫だからッ」
「………ほんと？」
「ほんとだよッ！」
「……わかった！じゃあ今の話、…あたし忘れる！でも次は。次恋した時はちゃんと報告してね？隠して１人で悩んだりしたら…絶対許さないんだからッ！！」
あたしの頬を軽くつまんで、泣き笑いする小百合。
「わかった？約束だよ？モモ！」
そんな優しい小百合にあたしの目も、じわって熱くなった。
「うん……約束！心配かけてごめんね？？小百合」

ピンポーン──…。
「あ！！モモッ、昌樹クン来たよ♪」
「えっ！ちょっ…ちょっと小百合？！！」
鳴り響いたインターホンに涙を拭いて、小百合と玄関へ向かう。
ガチャ！！
「昌樹クンおっそーい！！」
「すいません！！ちょっと買い物してたら時間かかっちゃって！あっこれ クリスマスケーキっす！！」
「ありがとぉ～♪すごくおいしそう♪見て高史～♪♪」
あの時は、そうでもなかったのに…小百合が茶化すからっ、
「…久しぶりだね…！元気だった？」
「桃花さんの方こそ！…うまく言えないけど、そのっっ」

変に緊張しちゃって、まともに顔さえ見るのも…恥ずかしい。
「あ…あたしは！もう大丈夫！全然落ち込んでなんかないしっ、昌樹クンのおかげだよ！…ありがとう」
「……よかったぁぁぁ〜…」
「え…」
「全然連絡とれないから、桃花サンの事、超心配で…でも安心した。桃花サンの笑顔見たら…」
そう呟いて、笑みを浮かべた。
「や…やだなぁっ昌樹クンってば。おおげさ過ぎだからっ」

そして…、
「かんぱーい！！メリークリスマス♪♪」
始まった、クリスマスパーティー。みんな程よくお酒が入って、話が弾んでる。そして１時間くらい経った時、赤くなった石井が、みんなの箸を止めた。

「ゴホン！えーと！！俺からみんなに聞いて欲しいことがあるんだけど…。ちょっと聞いてくれる？」
「え〜なになに、高史♪」
「石井！！もったいぶらないで早く言いなよ」
「そうだよ先輩！一体なんすか？」
ガサ…、
「…実はさ。これなんだけど」

「え？なにそれ？？」
緊張気味の石井。カバンの中をまさぐって、テーブルに大きな封筒をそっと置くと、次の瞬間、信じられない言葉を口にしたんだ。
「こっこれから俺はっ！！！こいつ…河南小百合に…プロポーズします！！！！！」
えっ？！！！！プッ………、プロポーズ〜〜〜？！！！！
「！！！！石井ッ！これ…これ婚姻届じゃ…？！！！！」
「え〜〜〜？！！！」
みんな、目の前に広げられた、用紙にア然。とくに小百合は、
「………………」
固まったまま目の前のソレを食い入るように、見つめてる。だって、コレって間違いなく…婚姻届…。
「小百合？大丈夫？」
「エッ？！！あっ！うん！」
ふと我にかえって、小百合の視線は…石井とテーブルを、行ったりきたり。
「小百合？」
「な……に？高史……？」
「いきなりこんな事言われてもピンと来ないカモしんないけど、でももう俺決めたんだ。………小百合の人生…俺に、石井高史に預けて下さい！！てか…っ俺を…幸せにして下さいッッ！！ってあれ……？！！違う！俺が小百合のこと幸せにするからッ！だから…黙って俺に…ついてこー

いッッ！」
そして石井は、今まで見た事がない表情で態度で、小百合に、人生大一番のプロポーズをした――――…。

「さむ〜〜ッ！！」
「ほんと 超寒い〜〜〜ッ！！」
冷たくなった手をこすりながら、あたしは今、昌樹クンとコンビニへ向かってる。
「…先輩達、幸せそうだったね？桃花さん！」
「……ん。そうだね！」
乾いた空を見上げると空には…珍しくたくさんの星達。

『……うん』
『え……？！！』
『あたしも、高史と幸せになりたい』
『えっえ？！！じゃあ…』
『もちろん……オッケーだよっ！！！あたしをよ…ろしくお願いしますっ！！』

まるで、２人の幸せを祝福するみたいにきらきら澄んだ夜空に瞬いていた。
小百合…、本当に幸せそうだったなぁ…。なんだかあたしまで、幸せで胸いっぱいだよ―――…。
「あ！桃花さん……！」

「うん？な〜に？」
「…俺っ！！桃花さんに渡したいものがあるんだけど……」
「え………」
街灯が、真っ赤になった昌樹クンを優しく照らし出す。おもむろに上着のポケットをまさぐって、彼があたしに差し出したもの。それは…、
「うん…！本当、全然たいした物じゃないんだけど…ッ桃花さんに絶対！似合うと思って」
可愛くラッピングされた、クリスマスプレゼントだった。
「わぁ…ありがと〜昌樹クン！開けてみてもいい？？」
がさがさ…、
中を開けると、可愛いハート型のネックレスが、箱の中でキラキラ輝いてる。
「かわいい………」
昌樹クン？これってもしかして…ティファニーじゃ…どうしよう？あたしなにも用意してない………。
「つけて……みる…？」
「え…いいの？！」
「もちろん！俺がつけてあげるよ！」
「うん。ありがとう…」
昌樹クンの指先が優しく首筋に触れる。
カチッカチ…、
「あれ…？！桃花サンごめんっ俺、こうゆうの慣れてなくて…っ」

あたしの体を昌樹クンの長い腕が包んだ。
「慌てないで？（笑）」
カチカチ…かちんっ。
「やっとはまった！どう…？」
「…可愛いプレゼント、ありがと！すごく可愛いよ♪」
「よかったぁっ〜！もしイヤなんて言われたらどうしようかなってさっきからずっとどきどきしてたからッ！うわっどうしよう？！本気で嬉しいしっ！！」
笑ったり、怒ったり、照れたり……昌樹クンって、おもしろい子だなぁ…。
シンちゃんとは、まるで正反対の昌樹クンに母性本能を刺激されて…愛おしく思えてしまった、あたしは、
「ささやかだけど…プレゼントのお礼、受け取ってくれる………？」
「え……」
はしゃぐ昌樹クンのマフラーを引き寄せて…、
赤く染まった彼の頬にキスをした。
「！！もッ……桃花さん？！う……わっ？！！！！」
どさっ！！
「まっ昌樹クンっごめんねっ大丈夫？！！」
「痛ってぇ………」
昌樹クンには予想外の出来事。でも…あたしにしてみれば、予想通りの反応。花壇にひっくり返った昌樹クンが軽く睨んだ。

「桃花さん…俺の事、からかってません？？」
わ…どうしよう…？あたしちょっと、やり過ぎたかな。昌樹クン…軽く怒ってる……。
「からかってなんかないよ？だって昌樹クン…すごい可愛いから……」
「可愛い…ってこれでも一応、男なんですけど…？」
「ご…ごめんね？！！あたしそんなつもりじゃ――…」
ぎゅうう………っ！
「ま…昌樹クン？！！」
しゃがみ込んで、必死に弁解するあたしを土まみれの昌樹くんが抱き寄せる。
跳ねる心臓、上昇する体温。まともに顔さえ見れない。

「……桃花さん、大好き」
「え――…」
「あんな事あったばっかで俺の事！！眼中にないの分かってる。けど俺っ！…頑張るから。桃花さんに釣り合うよないい男に、桃花さんを守れるような強い男になれるように俺！頑張るから！だから…だから…」

心臓の音が聞こえちゃうくらい強く…強く、抱きしめられてるあたし。でも――…。
あの時と、あたしを救ってくれた時と同じ優しい温もりに、耳に響く優しい声に、

「あったかい……」
大きな背中に自然と腕を回してた。

この間まであんなに不安で辛かったのが嘘みたいに。今あたしは、いっぱいの優しさと安心感に包まれてる。
昌樹クン………？あたし…あなたと一緒に居たい……優しいあなたと……でも、でもね？
「あたしで…いいの…？」
「え……っ」
「本当にあたしで…いいの？」
「それって……」
「あたし……二番目だったんだよ…？彼女が居ても平気で寝ちゃう…最低な女なんだよ…？それでも昌樹クン？あたしの事好きでいてくれるの…？？」
すごく…不安なんだ————…。
ぽた…、
そう思った瞬間、あたしの目から涙が落ちた。
「…ごっ…ごめん！！なんか最近…っ涙腺緩いみたいッ、それとも酔っ払ってるのかな…っ？！…今の忘れて…？あは…っ」
ぽたぽた————…、
「や…だなぁっあたしっ、どうかしてるよね？！！」
ひとつ。またひとつ。止められないくらい涙が溢れてくる。
「……関係ないよ…」

「え……」
「過去の桃花さんがどうとか…俺には関係ない…」
濡れた頬を、指先で拭いながら、そんなあたしに昌樹クンは、
…そっとキスをした。
「今まで…ずっと…片想いだったんだ…だから大丈夫！今までもこれから先も。俺の気持ちは変わらないよ…？」
「ま…さ…きク──…」
「あれは夢だったんだよ、悪い夢！でももう…桃花さんはその夢から醒めたんだ。だから安心して？そんなに不安にならないで…？言ったじゃん、俺が。俺が…桃花さんを守るって。そんな強い男になるって」
優しく微笑んで頭をくしゃくしゃ撫でた昌樹クンは…そう言いながら、
「ゆっくり…ゆっくりでいいからねっ？」
昌樹クンは再びあたしを抱きしめた───…。
こんなに優しい人が居たなんて。なんであたし…気付かなかったんだろう。気付いて…あげれなかったんだろ。

「…じゃそろそろ行こっか♪あんまり遅くなると先輩達、うるさそうだし（笑）」
「ん…そうだね？？」
ぎゅう……、
純粋で、優しくて、あったかくて。

「…付き合ってもないのにごめん。キスなんかして」
「………ん…」
今のあたしにはもったいないくらいの人。
「…ついでに手なんかつないじゃって…るけど…それもごめん…」
「うん…」
かじかんだ手をぎゅっと握りしめて、耳まで真っ赤になった昌樹クンの後ろを見つめる。でも…、戸惑いながらもあたしの心は確実に…、
がちゃ…、
「ただいま———…」
「あっお前ら～！！どこに行ってたんだよぉ」
傾いていったんだ。
どさ！！！
「あ～すいません！コンビニにこれ買いに。足りないと思って」
だって、その想いは気持ちはもう、あたしを、
ぎゅっ、
「桃花さん？！て…手っ…！」
「………………」
こんなにあたしをつき動かしてる。
「あれぇ～モモぉ？どこ行ってたの———…ん？！あれ？あんた達…付き合ってんの…？」
「えっ？！！！」

「ねぇ、だって昌樹クン…モモと手、繋いでる……♪」
「いやっ、ここっこれは違いますよッ!おっ俺らっまだそんなんじゃ…ッ!うっわ～どうしよう…やっべ～ッ」
眠ってた小百合がふと起きて、手を繋ぐあたし達を、嬉しそうに見つめる。あたしは…繋いだ手を、さらに強く握りしめた。
そして次の瞬間、あたしはみんなに自分でも信じられないような言葉を、口にしてたんだ。
「小百合…?あたし……あたしね?昌樹クンの事…好きになったみたい……。てゆうか…好きッ!!」
「も……桃花サン…?!」
「昌樹クンは…あたしにいっぱい勇気をくれたの…ッ今までの自分を…臆病だったあたしを変えてくれた。だから!あの人の事もちゃんとケジメつける事出来た…忘れるコト、出来たんだよ」
少しずつ少しずつ。
「…………」
「昌樹クンが…あたしの事守るからって言ってくれた時、本当に本当にあたし嬉しかった」
涙で視界が滲んでく。でもこれは…悲しい涙じゃない。
「がんばれ……モモ…っ!」
「こんなあたしでも……まだ想ってくれる人がいるっ…あたしも捨てたもんじゃないなって。…昌樹クンがそう思わせてくれたんだっっ」

嬉し涙だもん…………っ！！！
「…こんな泣き虫なあたしだけど……昌樹クン。どうぞ宜しくお願いします……！！」
繋いだ手を離して、
ぺこ…………、
恥ずかしいくらい、昌樹クンに深々と頭を下げてる。ふっ、と我に返った時にはもう遅くて、火が飛び出ちゃうくらい、顔なんか真っ赤。頭すら上げれなくなっちゃってるあたしがいた。
「………………」
ど……どうしよう？？！恥ずかしくて顔上げらんないっ、てゆーかなんでみんな黙ってるの？？なんか…なにか喋って？喋ってよ────…！！！

「うぉぉぉっ〜〜！やったな北嶋！！お前…相思相愛だぞっ。1年以上もよく耐えたなッ。よかった、本当によかったぁぁッ！！」
そんなあたしの想いを打ち消したのは…石井と小百合は、固まるあたし達の隣で、大盛り上がり。
「良かったね！昌樹クンっ。おめでとう♪♪」
「こいつさ〜？高校の卒業アルバム見て、お前に一目惚れしちゃったんだよ！どーしてもってゆーから、日野が写ってる写真…何枚かあげたし♪」
「えぇ？そうなんだ？初耳〜♪」

「北嶋〜♪今持ってんだろ？見せてやれば？もう必要ないんだしさ？」
「え……ッ？！！無理ッ無理っすよ！」
昌樹クンが、あたしの写真？！うわっどうしよ…石井ってばっ！！あたしに内緒でいつの間にそんなの渡したの……？？
「昌樹クンかわい〜♪顔真っ赤じゃん♪…よかったね！モモ…！今度こそは…絶対絶対…ぜ———ったい！！幸せになるんだよ？」
下げていた頭を、ゆっくり上げる。そこには、頭をくしゃくしゃしながら、真っ赤になっている昌樹クンと、
ぎゅうう〜〜〜〜っ、
目に涙をいっぱい溜めて、あたしを抱きしめる…、
「………よぉし！！また飲み直そうぜ！！北嶋〜？悪いけど今日は寝かせないからなッ覚悟しとけよ！」
「まじっすか〜？！！勘弁して下さいよ」
「今日は最高のクリスマスイブだね！モモ！！」
「ん……！」
小百合が居た—————…。

ん—…眩しい……今…何時だろ……。
窓に差し込む眩しい光で目が覚めて、目を開けたらカーテンが開け放された窓から、たくさんの太陽の光が降り注いでた。

「おはよ♪桃花さん」
………っ？！！まっ…昌樹クン？！！
ふと視界の隅に、昌樹クンの顔がちらついて目を開けたら、笑顔の昌樹クンと視線がぶつかる。
「おっ…お………はよう…！」
…もしかしてあたし、ずっと寝顔、見られてた？！！目開けてすぐに♪なんてタイミング良すぎだしっ。
……あれそういえば……。
「ね…ねぇ昌樹クン？小百合達……は？」
「先輩達なら帰ったよ。なんか挨拶しに行くとかって。小百合さんのご両親に♪」
あ、そうだ。そういえば昨日―――…、
薄れてた記憶が少しずつ鮮明になっていく。
「先輩達お似合いだよね…！俺も先輩達みたいになりたい…。桃花さんと…なーんて…♪」
「え…っ」
もちろん、あの、
――――…昌樹クン。どうぞ宜しくお願いします……！！
記憶も。
「き…昨日ごめんね…？みんなの前であんな事しちゃって……。あたしどうかしてた―…」
「なんで謝るの？謝る必要ないじゃん！……俺、超嬉しかった。桃花さんの口から、あんな言葉聞けるなんて……思わなかったから」

天井を見つめてた視線がごろん！あたしに移動して、長い
指が、すっぽり被った毛布をそっとめくった。
優しい瞳。頭を撫でる心地いい手の平。
「俺も大好き…。桃花さん…」
床に雑魚寝しながらあたし達は、
ちゅ………、
２度目のキスをした───…。

★　★　★

それから２ヶ月後のバレンタイン。
「新婦が入場致します─…ご起立下さい───…」
小百合と石井は、小さな教会で結婚式をあげた。
バージンロードを歩くウェディングドレス姿の小百合は、
とても綺麗で、
「ぶっ♪先輩泣くの早くない？」
「あはは♪そうだね」
神父サンの前で待つ石井の頬は、もう涙でぐちゃぐちゃ。
あたしと昌樹くんは…あの日からいつも一緒に居る。
不安で泣いてた夜も、寂しくて眠れなかった夜も、昌樹ク
ンがいつも隣に居てくれるから、昌樹クンがいつも笑顔で
あたしを抱きしめてくれるから…、無くなった。
「桃花さん…」
「…な〜に？」

「今…幸せ…?俺と、一緒に居て、幸せ……?」

「誓いのキスを――――…」

「うん……幸せ…だよ!すごくすごく幸せ…!」
無くなったんだ――――――…。
リンゴ―――ン――――…リンゴ――――ン――…、
抜けるような青空に響く鐘の音。教会から出てきた2人を、
たくさんの人達が祝福してる。
「石井ってば。さっきからずっと泣いてばっか!あれじゃ
あどっちが旦那サンだか分からなくなっちゃうね?」
「あは。本当だ」
宙を舞う、たくさんの花びら。飛び交う歓喜の声。羨まし
いくらい幸せそうな2人をあたし達は…指を絡めて見守っ
てた。
ねぇ昌樹クン……?
あたし…あたしね………?
「モモ～～～～～～～!幸せになれよォッッ!!!!!!!!」
小百合がブーケを投げる。
「え?!!!」
バサッ。
「エッ?!!あ……俺…………?!!!!!」
あなたに逢えて本当に本当に…良かった…。
「あたし達の次にここに来るのは彼等でーす♪みんな!そ

の時も祝福よろしくね〜〜〜ッ!!」
「ちょっ…ちょっと小百合?!!」
あなたがあの時、あたしに言ってくれた言葉。
「さーて♪♪みんなこれから飲みますよ〜〜♪♪じゃモモあとでねぇぇっ」
―――俺が桃花サンを守るからっ!!
忘れない…。一生……忘れない―…。
「まったく。どうしようもないね、小百合ってば」
「ん…でも小百合先輩らしいよ!男の俺がコレ持ってるのはかなりアレだけど」
「ねぇ…昌樹クン?」
「なに?」
小さくなる小百合達の姿を見届けて、大きな手に収まったブーケを優しく見つめる。
1年先も2年先も…ずっとずっとあなたの隣に、あなたの隣で笑う自分を願いながら―…。
「あたし達も…いつかここで…結婚式あげられたらいいねッ」
「…………え?!!!」
「じゃっ、あたし達もいこ♪石井が首長くして待ってるだろうから」
「えッ?!ちょ…桃花さん!!?」

― END ―

love☆Suzu
Seven☆love 3

な…っなにコイツ!
なんであたしの事見てんだよッ?!!
やっべぇあたし…

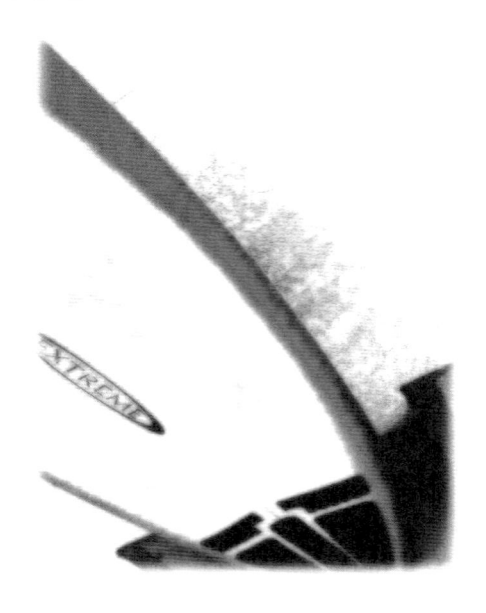

「ふざけんなっ！！」
ガン！！！！
「お前ら一体なにやってんだよ？！！あたしの顔潰す気？！！」

近くにあった原付を蹴り飛ばしたあたしの名前は、相原鈴(あいはらすず)。18歳。
とあるレディースの頭(アタマ)をしてる。総勢8人の小さなチームだけど…これでもあたしで3代目。ちょっとした、街の有名人なんだ。

「薬はやんなっていつも言ってるじゃん？！！禁止なのわかってんだろ？！！」

今年の春、結婚した先輩の後を引き継いでチームの頭とゆう大役に成り上がったあたし。ずっと憧れてたから嬉しくて嬉しくてでも……、

「すいません、すいませんッッ！！！」
そんな風に思ったのも初めだけ。先輩達が引退して以来、こいつらはやりたい放題で、
「……お前ら次なんか起こしたらヤキ入れっからなっ？！！覚悟しとけよ…ッ！」
「はいっっすいませんっっ！！」

警察ざたになるのもしばしば。
はぁ……疲れる。頭引き継いだのはいいけど…こんなにしんどいなんて思わなかったしぃっ！！！
ブォンッ！！！！
「あ…あの…ッ相原さんッッ！」
「あ〜？！！なんだよ！？」

こんなあたしだから、まともな恋愛経験なんて、これっぽっちもない。容姿は悪くないのに、あたしが
「レディースをやってる」
って聞くだけで、
————ごめん………。
冷たい目で男はあたしの元を去っていく。
…どいつもこいつも……あ〜〜っ苛々する！！

「黙ってねーで早く言え——…」
「明日っ！！明日絵里香先輩来るんですよね？！！」
「あ〜？！絵里香サン？！」
やっべぇっすっかり忘れてた！！
明日は引退した２代目、絵里香さんの２１歳の誕生日。みんなで集まる話をしてた。
「店、予約したのかよ？」
「はい！！」
「じゃあ後で家電鳴らして。絵里香サンに伝えなきゃいけ

ねーし。忘れんじゃねーぞ！」
ブォンッ……。
はぁ〜…今日はまじ疲れた。
「わかりましたッッ！！お疲れさまです！」

こんな時彼氏が居たら…、きっと疲れもなにもかも吹っ飛ぶのに…。なーんて。こんなの続けてたら一生男なんて出来る訳ないじゃん。
ブルルル————…。
「さみ〜〜〜ッッ！」
顔いっぱいに冷たい風を受けながら帰路についた。

——そして翌日。
とある居酒屋の２階座敷席にあたしは居た。
特攻服を脱げば、みんなたぶん普通の女の子。思い思いのお洒落をして、集まってる。
「わぁ♪相原先輩のスカート、超可愛い〜♪どこで買ったんすか♪」
「〜〜〜っるせぇっどこでもいーだろっ」
…やっぱスカートは落ち着かない。いつも足開いてばっかいるからスースーしてどうしようもないよ……。
「あ！すず久しぶり〜！あれ？なんか可愛いくなった？今どきじゃん（笑）」
「あっ！優サン！お久しぶりです！！」

そんなあたしに声を掛けてきたのは、絵里香さんと同期の優さん。彼女も某レディースの頭をやってたかなりのやり手。
「あれ優サンッみぃチャンはどうしたんっすか？会えるの楽しみにしてたんですけど♪」
「あ〜…みぃなら実家に預けてきた♪子供居たら落ち着いて飲めないじゃん？」

喧嘩した事もあったけどそれがきっかけで…今じゃ絵里香さんと優さんは大の仲良し。子供を生んでから、す〜っかり！丸くなっちゃったけど…たまに見せる鋭い目付きはまだ健在。

どんッ！！
「いっ！てぇなぁ〜〜！！！んだよ気をつけろよ？！！ってあ…すいませぇん♪♪」
「すすすす…すいませんっっ」
ほらね？アルバイトの男の子でさえ震えちゃうし。
「ぷぷッ♪」
「あっ！そうだ！あのさ、すず♪ 絵里香とあたしからすずにプレゼントがあるんだよ♪あとで紹介すっから楽しみにしてな♪♪」
プレゼント…？紹介？
なにがなんだかさっぱり分かんないけどとりあえずあたし

は席についた。これが…あいつとの出逢いになるなんて。
「は…はぁ……？？（笑）」
気付きもせずに―――…。

ＰＭ７：００。
見慣れた顔がどんどん店に集まって。
「あ。すず♪絵里香来たよ♪」
「え？…あっ本当だっ」
そして最後。今夜の主役、絵里香さんが到着。
はぁ〜…どうしよう？！逢うのめっちゃ！久しぶりだからなぁ、ど緊張…………。（笑）
「お前らドジるなよ？！！」
「はいッッ！」
ピンと背筋を伸ばして。小さく深呼吸…。
「って…あれ………？！！」
いつもと違う様子にみんながざわつき出した。
「…先輩！あれ…絵里香サンの旦那さんじゃないっすよね？！！」
「は？なに訳分かんねーコト言ってんの――…」
って…誰？あいつ…部屋間違ってんじゃないの？！
絵里香さんの旦那さんは。不釣り合いなくらい真面目なサラリーマン。あたしも一度だけ写真を見た事があるから間違いないはずなのに。なのに今あたしの目に映ってるのは…似ても似つかない、……チャラ男…………。

その時。横にいた優さんが、つん！あたしを小突いた。
「あれ！…あれうちらからのプレゼント♪ど〜う？かっこいいでしょ？」
…はい？！！
「彼氏が居ないすずのために用意したんだからね？うまくやんなよ〜♪」
へっ？！！！！なに…どうゆう事？？

「久しぶり…すず♪」
「絵里香サン……」
「どーう？うまくやってんの？」
「あ…はい！！ちょっと大変だけど、…なんとかやってます…」
優さん…絵里香さん？！！！
「あ、そうだ。もう優から聞いてると思うけど…こいつ笹神由斗。あたしの従兄弟なんだ！なにほさっとしてんのよ早く挨拶！！」
向けた視線の先に映るその人は、照れくさそうに顔を上げて、
「どーも…」
無愛想に口を開いた。

真っ黒に日焼けした肌に潮焼けしたサラサラの髪の毛。髪の毛に隠れてたからよく分かんなかったけど。硬派なあた

しが動揺しちゃうくらい目が大きくて…可愛い顔……………。

バシッ。
「いってーッッ？！！なにすんだよッバカエリッ！！」
「あ～？！なによその挨拶！あんたが紹介しろってゆーから連れて来てやったのにッ。もっとマシな挨拶しろよ！？ごめんね～！すず～、こいつ珍しく緊張してるみたいでさ(笑)」
「そ…うなんっすか…？はは……？」
さすが優さんも絵里香さんもやる事が違うよね……。
「すいませーん店員さん♪こっちに生４つ～♪…じゃ絵里香♪みんな集まったしそろそろ始める？飲み会♪」
男をはいプレゼント♪なんてさっ？！！！
ちらッ、
絵里香さんの従兄弟かぁ…へぇ。
久しぶりの男の子に何度もちら見しちゃうあたし。向こうも意識してるのか、視線を向ける度に、
バチッ！バチッ！
…視線が合う。
な…っなにコイツ！？なんであたしの事見てんだよッ？！！！
やっべぇあたし…。
「先輩どーしたんすか？」
「な…なんでもねーよ！！」

83

かなり動揺…………。
ごくん。
「ぷっは〜うまーい♪♪」
「せ！先輩？！まだっすよ！！なにやってんですか？！」
「ヘッッ？！」
今日集まったのは総勢２０人。全員の視線があたしの声で一挙に集中した。
超はずかしい〜〜〜〜！！なんだよなんだよ！あたし？！
…てか。すべてこいつだよ……。
「すす……すいませんッッ！！」
「…えーと既に先走ってる人がいるので、そろそろ始めたいと思いまーす♪♪」
こいつのせいだっ！こいつがちらちらちらちらあたしの方ばっか見るからっ。
「では。絵里香！誕生日おめでと〜♪かんぱーい♪♪」
ちら…、
「ククッ」
！！？しかも笑ってるしっ！
そんなあたしを見て必死で笑いを堪えている彼に不覚にも、どきん…………。
心臓が跳ねて。初めて見た彼の笑顔に、今まで見た事がないくらい可愛い彼の笑顔に。あたしは……あたしは……、
「すず〜どーしたの？いつもより飲むペース遅くない？」
あたしは一瞬で恋に……落ちてしまった………。

飲みはじめて1時間。絵里香さんが話しかけるも目の前に座るこの人に恋をしたと知った瞬間から、
「……すず？？」
「………………」
あたしの思考回路はゼロ。
「人の話はちゃんと聞けよ〜？すずちゃーん？？」
「………………」
あたしって…あたしってこんなに惚れっぽかったっけ？？
「相原ッッ！！」
びくっ！！
「は…はい！！！」
「なーんて♪♪あんた飲んでんの？全然減ってないじゃん」
「え？そんな事ないっすよ。ははっ」
なんかもう…自分が自分じゃない感じ。明らかに「恋してる」…そんな感じ。
「先輩！大丈夫ですか？」
いつもと違うあたしを見てみんなが声をかける。大好きなお酒を前にしてテンション低いあたしに、
「大丈夫だから」
「具合悪いんですか？！！タクシー呼びます？」
しつこいくらい、何度も何度も、
「大丈夫だって言ってんだろ！！ほっといてよ！」
「……わかりました。すいません」
もうっ！！なんなんだよこいつらっ！ただの恋わずらいな

んだから…ほっとけっつーのっ！
「すず！！」
「あっはい！？」
「うちら…あっちで飲んでるからさ！由斗と話しなよ♪ほらっお前ら、あっちに移動！」
がたがた…2人の動きと同時に次々と席を立つ後輩達。
えッえぇぇ～？！ちょっ待って下さいよっ！？
「絵里香サン…あたし…ッ」
「大丈夫だって！慣れると案外話しやすいよ？こいつ♪じゃっあたし達はあっちに居るから♪」
「絵里香サンッ優サン……ッ」
そ……そんなぁぁぁっ！！！
パタン―――…。
あたしの気持ちの変化を悟った絵里香さんと優さんはみんなを引き連れて隣の座敷に移動した。

ぽつん…………。
広い座敷にあたしと彼と2人きり。むかつくくらい続く沈黙と、その沈黙を打ち破ろうとするあたしの…心臓の音。
ただ…、
「………………」
「………………」
それだけ―――…。
男と2人きりなんて…一体どれくらいぶり？！！がちがち

だしっ顔すら見る事が出来ないしっ……絵里香さん、優さん…助けて〜〜〜〜〜〜っ！
「飲まないの？」
びくッ。
「は……はい？！」
「ぷくくッ。だからそれ！早く飲まないとマズくなるよ？ククッ♪」
そんな沈黙を破ったのは、まさしくこいつ。
「え？！あ…うん―…」
ごく……。
笹神由斗だったんだ。
「俺…由斗。よろしく…」
「あ…うん。よろっよろしく…っ」
苦痛だ…、この間がっ。なにか…なんか話さなきゃ―――。
「あのさ。さっきエリ言ってたけど。俺が今日ここに来たのは…その〜あんたに逢いかったから、無理矢理連れて来てもらったんだよね」
「え………」
ガチャン―…！！
はっ！最悪っっ！！！！！
「ご…ごめん！！よっ洋服！かかったりしてない？！」
思わず手に持ってたジョッキをテーブルに落としてあたふたしてるあたし、…ありえないくらい異常な光景。
なんなのよっ？！！！あたし〜ッ？！てか「あんたに逢い

たかった」ってどうゆう事？！…わけ分かんねーし！！
「やべぇ畳にもこぼれてるっ！！」
「……すずちゃん！」
その時、ビールまみれになったテーブルを拭く手をつかまれて、
ちゅっ…。
あたしの唇に、あいつの、由斗の唇が触れた。
「俺達…付き合わない……？」
……きん……どきん……、
キスされて、パニックになってるあたしの目の前には気持ち悪くなるくらい、真っ直ぐ見つめる、あいつの瞳。
なんであたし、こんなにどきどきしてんの？てか…付き合うって…誰が…誰と？？てか…あたし今。こいつと…キス───…。
「……にすんだよっ？！！！！」
バキッ！！！！
「いってぇぇぇっ！！！！！」
パニックになってたあたし。気付いたら顔を押さえて倒れこんでる由斗があたしを見つめてた。
や……やばいっあたしっ、
「ご…ごめんッ！！！」
今殴った？！！！！
「あんた女のクセにすごい力だなッ。ふつーに痛かったんだけど！イテテ…っ」

しかもなんでこいつ！殴られたのに…、
「て……てか！あたしの素性知ってるわけ？！！」
笑ってるわけ？！！
ごし……ごしごし…！！
ビールで濡れた畳を拭きながら、必死で平静を装うあたし。
「もちろん知ってるよ！…レディースの頭やってんでしょ？…だからなにって感じなんだけど。…ねぇすずちゃん？」
どき……！！
「な…なに………？！！」
「俺……すずちゃんの事好き」
俯(うつむ)くあたしを下から覗き込んで、由斗の眼差しに言葉に全身真っ赤になった。
「ねぇ。俺の事見てよ、ちゃんと見て」
グイッ！！！！
「なっ…なにすんだよっ？！離せっっ」
「やだ。すずちゃんが俺をちゃんと見てくれるまで離さねーし」
「なっ？！！！！」
あたしの両腕をがっちりつかんで離さない由斗は、必死で抵抗するあたしを真っ直ぐ見つめてる。
なにやってんだよ、あたし！？違う…違うじゃんッッッ！
男の人を信じていないわけじゃない。キスされて、好きだよって言われて…本当は、本当はすごく嬉しいのに。

「は…離せよッ！！」
「やだ！！」
「は…ふざけんなよ…ッ。男だからってあたし…遠慮しねーかんなっ？！！」
素直じゃないあたしはそんな自分の気持ちを隠してムキになって…抵抗してる。
「……そんなに俺がイヤ？話したくもない？」
つかまれてた腕がふと楽になる。
「わかった…ごめん。さっきのキスも言葉も…忘れてよ」
え………、
目を開けると寂しそうな、あいつの手の平があたしの頭を軽く撫でた。
「ちが……っ」
パタン……。
広い座敷にふすまの音が虚しく響きわたって。
カタカタ──…、
「ねぇ…今、由斗出てったけど。どうした？」
座りこむあたしに心配そうに絵里香さんが声をかけた。
「すいません絵里香サン…あたし…あたし…彼に嫌われたみたいです。せっかく紹介してくれたのに、本当すいません…………」
「…いいよ。すずが悪いんじゃないんだからさ。…あいつきっと強引になんかしたんじゃない？あんたに。ごめんね、すず。あたしからよく言って聞かせるから」

あの日から…あたしの頭の中はあいつの事でいっぱいになった。
ブォン……！！
あの時のあいつの表情が、
──……そんなに俺がイヤ？話したくもない？
言葉が頭から離れなくて。でも…絵里香さんにあいつの番号やアドを聞く勇気さえもなくて…、
「なにやってんのあたし………」
なにをするにも「心此処に在らず」。…そんな感じで毎日が過ぎてく。

★　★　★

ピロロン♪
「あ。メールだ」
そんなあたしの心を試すように携帯が音をたてた。

【──この間はごめん。今から逢える？もう一度きちんと話がしたい】

「誰…こいつ…男………？」
見覚えのないアドレス。絵文字のない、文字ばかりのメールにピンと来た。

もしかして…、
「由斗……？」
ピロロン〜…。

【──Ｓ町の公園で待ってる】

「……由斗…。本当にあいつからだ」
終わったと思ってた由斗からの思いがけないメールに一瞬で心臓が騒ぎ始める。
話ってなんだよ…。もしかしてこの間殴った仕返しとか？
…でも、それでもいい。
「わりぃ！あたし急用出来たから今日は解散していーよ！」
「え？！相原サン？！！」
それでもあたし、あいつに逢いたい。こんな気持ちのまま、いつものあたしじゃないあたしのまま毎日を過ごすのは、
ブォンブルル〜〜…。
「相原サ───ンっっ！！」
もう嫌なんだよっ───……！
ブルルル………、
原付を走らせて着いた先。そこは、絵里香さんとよく来てた小さな公園。目の前に広がる海を一望出来る、お気に入りの場所。

「あ…すずちゃん！」

ウェットスーツ姿に地面に置かれたサーフボード。タオルを頭にすっぽりかぶりながら微笑んだその人は…間違いなく由斗。笹神由斗だったんだ。
「こっ…こんちは……」
落ち着け……あたし。落ち着け……………っ！！
逸る気持ちを抑えて由斗が座るベンチに腰を下ろす。あたしの心臓は、爆発寸前だった。
「今日は特攻服なんだね…！すんげー可愛い。超似合ってる（笑）」
はぁ？！！！かっ…可愛い？！！！
白地に桜模様。どこから見ても一目でヤンキーだってわかるド派手な特攻服なのに…？！！
「あは…あはは！…あ…りがと」
慣れない誉め言葉に。嬉しいような嬉しくないような…、そんな不思議な感じ。
「どーいたしまして♪」
ザザ———ン——…、
波の音が妙に大きく聞こえた。そのくらい、あたしと由斗の間には沈黙が流れてた。でも、全然イヤじゃない。
ザザ———ン…………、
逆にあたしは心地いいくらいに感じてた。
「よく…」
どきっ！！
「よくここに、エリと来てただろ？俺さ、…その頃からずっ

とすずちゃん一筋なんだよね♪まっ！すずちゃんは俺の事なんて気付いてなかったかもしんないけど」
「え………？！！！」
もしかして———…、
１年前の夏。この公園で絵里香さんと交わした会話が、頭の中にフラッシュバックした。

『ねーすず？』
『なんですか？絵里香サン♪』
『今波に乗ったあいつ、あたしの従兄弟なんだけどさぁ好きな子いるらしくて、毎日ここで波乗りしてんだよ！』
『え〜そうなんすか？』
『ここで波乗りしてれば、好きな子がよく見えるからって(笑)。ばっかだと思わない？こんな回りくどい事しないで、さっさと告ればいいのに。見てると超苛々すんだよね！男のクセにうじうじしやがって！』
『…でも。そんな風に想われてるヤツ羨ましいですよ〜♪あたしもそんな風に想われたいなぁ』

もしかして…あの時の男って由斗？！！
「俺もう…好き過ぎて、大好き過ぎて限界。エリが結婚してからあんまりすずちゃん来なくなって…彼氏出来たんじゃねーか？とかお巡りに捕まったんじゃねーかとかいろんな事考えちゃってさ！」

とゆーことはつまり…、
「だからエリにお願いしたんだよね。すずちゃん紹介しろって」
『あいつの好きな子…』
あ………あたし？！！！嘘？！！まじ？！！！
だから絵里香さん…あたしの事、何度もここに…………。
「…信じてもらえねーかもしんないけど。なにせ初対面からいきなりキスなんかしちゃう男だし。すずちゃん？」
「なっ…なに……」
「この間はごめんな？」
「べっ別にいーよ！ももっ、もう…忘れたしっ」
恥ずかしくて、顔なんか見れる訳ない。出来るなら今すぐこの場所から逃げ出したい。
どきん…っどき……んっ！
そのくらいあたしの心臓は爆発寸前。
からん…！
「それだけどーしても伝えたくてさ。…忙しいのに呼び出しちゃってごめんな？みんな待ってるだろうし…もう行っていいよ♪これ以上一緒に居たら、また俺、キスしちゃいそうだし」
「え…？！」
「ブッ♪冗談だよ。ほんとすずちゃん可愛いよな？でも俺、すずちゃんのそうゆうとこ大好き」
空き缶を投げ捨てて、ベンチを立った由斗。ぽりぽり鼻の

頭をかきながら、あの時のあの目で。
ぽん……。
頭を撫でた。

１年間…それより前から、あたしが、このあたしが！…想われてた？嘘でしょ？信じられないっ。てかあたし…夢でも見てるんじゃ？！！！

「さーて！海でも入ってくっかな♪じゃあね、すずちゃん！」
追う事はあっても追われる事なんて、１８年間…１度もなかったのに。
こうゆうとき…こーゆー時ってどうすればいいんだ？！！
早く…早くなにか言わなくちゃ…ッ！！
ない頭で、一生懸命考えた。そんなバカなあたしが出した答え。
「ちょ…っと待って！」
ぐい！！！
───あたしもあんたが好き！
そんな想いを込めた、長いキス。
「これ…っあたしの気持ちだから！」
「え…ッ？！！」
「じっじゃあっ…そうゆう事で！！」
半分自棄クソ気味。言葉で気持ちを自分の想いをうまく伝

えられない自分が情けなくて。信じらんない行動をした自分が恥ずかしくて。あたしは原付にまたがると、
ブォンッ…ブルルル———…、
勢いよくその場から逃げ出した。
「すずちゃん！！！！！」
やっべぇあたし…キスした…。しかも……、
——これ…っあたしの気持ちだから！
自分からっっ！！！！

玄関のドアを開けて。ふらふらしながら、廊下を進む。
「あれ？ねーちゃん、帰ってきたんだ。めずらしー…♪」
茶化すようにリビングから顔を出した弟を追い掛け回す気力も今のあたしには、
「うっせーな〜なんだよ？なんか用？」
「ねーちゃん♪俺さぁ？彼女出来たんだけど♪わりーね！先越しちゃって♪♪しかも俺、もうやっちゃったし〜♪♪」
「……あっそ」
………ない。
「…なんだよねーちゃん。超キモイんだけど！熱でもあんじゃねーの？ねぇ、かあちゃんっ！ねーちゃんがおかしー…」

パタン———………。
「そんなに大人しいあたしが変なのかよ？…バカ弟！」

部屋に入って、あいつが由斗が可愛いって言ってくれた、特攻服をミラー越しに見つめた。頭の中は、さっきのキスが…頭の中をぐるぐる、ぐるぐる…、
どさ！！
「………はぁ疲れた…。」
回ってる。
恋すると…本気で恋愛するとみんなこんな感じ？あたしはまだそんな恋愛なんてした事ないから分かんないけどさ…！でもきっと。…こんな感じなんだろーな…。
ベッドに寝転びながらまだ温もりが残る唇にそっと触れる。
由斗が触れた唇は、
「てか、ちゃんと伝わってるよね？？あんなの…馬鹿でも分かる方法だし。『あたしも好き』ってバレバレ…………」
あたしを襲う眠気を吹き飛ばしちゃうくらい、あたしの心をさらに掻き乱すくらい…温かかった─────…。

「んぁ〜…雨ぇ〜？」
いつの間にか寝ちゃってたあたしは…窓に落ちる雨の音で目が覚めた。
時計の針はAM１０時。
「ふぁ〜よく寝た〜」
タバコに火をつけて特攻服からジャージに着替える。昨日の事なんて忘れちゃってるくらい、いつも通りの…目覚め。
その時だった。

がちゃ。
「ねーちゃん！！！！」
気持ち悪いくらいにやにやしながら、弟が部屋のドアを開けた。
「……なんだよ。ノックぐらいしろっていつも言ってんじゃん！…てか用がないなら閉めてくんない？着替えてんだから──…」
「客だよ！ねーちゃん♪お・きゃ・く・さ・ん♪」
誰？寝起きなのにめんどくせ〜…。
「…誰？苛々してんだから早く言えよ」
「いいのかなぁ？？そんな男言葉使っちゃってさ♪」
「はぁ？あんたいい加減にしないと殴る……」
ギギ───…、
その時、半分開いてたドアが全開になって、弟の隣から
「おはよ〜すずちゃん♪」
って見覚えのある顔。
よ…、
「え？！！ちょ…なんでここにいんの？！！」
由斗？！！！！！
「ぎゃは♪ねーちゃん顔赤いけど？？なに、こいつねーちゃんの彼氏なの？」
あたしの目に映ったのは、弟の横に笑顔で立ってるその人は、紛れもなく…あの人、『笹神由斗』だったんだから。

なんで？！なんでここにいんの？！！しかもあたしっこんな格好だし…ッ。
ガチャン！！！
「あ〜〜？！！最悪！！！！」
かなり動揺してた。ベッドに散らばったタバコの吸い殻を必死でかき集めて、床に散らばった雑誌を足でベッド下に滑らせて、
「ぎゃはは〜♪ねーちゃん焦ってる焦ってる♪」
「るっせ〜っ早く行けよっ！！」
本当に必死。
「じゃ♪俺、これからデートだから♪♪…ねーちゃん頑張れよ♪」
パタン———…。
なに…？この展開………。昨日の今日なのに顔なんて、
「………………」
「……………」
合わせられる訳ないじゃん？！！
頭の中を回る、昨日の恥ずかしい自分。こぼれた灰をかき集める手も、
ごしっごしごしっ……！！！
早くなっていく。
「ごめん！！！」
びくっ！！
「…いきなり家にまで押しかけちゃって」

100　love☆Suzu

「え…ッ？！あっ、へっ、平気っ！全然大丈夫だよ！！かなりびっくりしたけど！！あははっ」
部屋に男を入れるなんて何年ぶりかの出来事。しかも相手があの由斗なんだから。あたしの心臓はもう…オーバーヒート寸前。座布団がわりのクッションを手渡して、あたしは…ベッドに腰を降ろした。

「……………………」
「……………………」
流れた沈黙。跳ねる心臓。もうあたし1人じゃどうしようもない………状況…………。
「あの……さ！！」
どき――――んっ。
「ななっ、なにっ……？！」
やばっ声、裏返ったっ！！なんだよあたし…しっかりしろよ～！！
「昨日のコト、ずっと頭から離れなくてさ。…てか！直接すずちゃんの口からどーしても聞きたくて…今日来たんだけど」
「えっ？！」
「昨日の…キスってさ？あれって……オッケーって…事？！！」
「は？！！」
――これ…あたしの…気持ちだからッ―――。

…てかオッケーもなにも…普通あの状況でキスされたらイヤでも分かるじゃん？！！！………もしかして、もしかして………、
伝わってない？！！！！
「ごめんッ！！実は俺、今まで女の子とまともに付き合った事なくてさ？！女心ってゆうの？今いちよく分からないんだよね…」
そういって、あたしを見つめた由斗の目は、
「俺、見た目こんなんだから結構遊んでそうって誤解されんだけど、本当は全然違うから。…信じてもらえないかもしんないけど」
純粋で真っ直ぐで……あたしの目を逸らせないくらい真剣な眼差し。
きゅうっ…、
「てゆーか…信じて欲しいかなぁ～みたいな？（笑）」
やばい…あたし…あたし我慢、
「好き……」
「え」
「あたしさ？由斗が好き…」
「え……？！！！！」
我慢出来ない…………っ！！！
「だから～～～ッ！！！好きって言ってんの、あんたのことッ！！！気付けよバカッ！」
はッッ！！！あたし今……告っちゃった？！！しかも…や

ばい…思いっきりスイッチ入っちゃったしっ。
「ご…ごめん！あたし今変なコト言った…ってか、いつものクセでっ言葉悪くなった──…」
慌てて顔を上げて、慌てて弁解。
ぎゅううっ！！
「よ………？！！！」
「やったぁぁぁぁッ！！！！」
由斗？！！！！！
気付いたらあたしは、由斗に抱きしめられてて、
「なぁっ？！これって夢じゃないよな？！今すずちゃん俺のコトッ好きって言ったよな…？！やっべーッッ俺の人生でもしかしたら今…一番幸せかもしんねぇッッ」
気付いたら由斗の顔が……超笑顔の由斗の顔が、
「わっ……わかった…わかったから落ち着いてよ…ッ？！！」
あたしのすぐ目の前にあったんだ。
「無理無理っ落ち着いてなんか…いられるわけねーじゃんっっ？！！！」
「ちょ…ちょっと由斗？！たっ…倒れるからぁっっ…！！！」
どさ！！！！
ベッドに倒されて、さらに近付いた、あたしと由斗の距離。
優しい目があたしの胸をくすぐる。
「すずちゃん、もう１回言ってよ？」
「は？！！！」

「もう１回すずちゃんの口から聞きたい、由斗が好きって」
「な？！！そんなの何度も言える訳ないじゃんっ。バッカじゃないの？！！」
「なんで？？俺は何回でも言えんのに！…好き好きスキすずちゃん、大好き〜〜〜〜〜…」
「ぎゃああっ、分かった。言うから、そんな大声出さないでってばっっ！！！」
──あたしの人生で初めての両想い。こんなに胸がくすぐったくて目の前に居る由斗がこんな愛しくて、
「……じゃあ早く言ってよ。すずちゃん♪」
「……わっ…かったよ…」
誰かを想う気持ちが、誰かに想われる気持ちが、こんなに心地いいなんて、
「……き……。好き…だよ…」
「え？全然！！聞こえないけど？？」
由斗……？あんたが。
「〜〜〜っだからぁっ！！！よっ由斗が…大好き〜〜っ！！！」
初めてだよ────…。
「ぶはっ！……俺も、俺も大好きだよ……！！！」

そして…その日。あたし達は、初めて繋がった。
ぎし……っ、
「はぁ…っ、浮気なんかしたら…ボコボコにしちゃうかんな…ッ？！！」

「…しない。する訳ないじゃん？こんなに、すずちゃんが大好きなのに……っ」
　1つの毛布に包まって、あたしは今、由斗の匂いを、
「ぁあ…っ由斗…ぉっ……！」
　体温を、彼女になった実感を、今…全身で感じてる。

　がちゃ！！！
「ちょっとねーちゃん開いてくれよォッ。俺ふられた…ゲッ？！！！！！ねっ…ねーちゃん？！！」
「はぁ……なに？用あるならさっさと用件言ってよ。ねーちゃんは今…超〜忙しいんだから！ねぇ？由斗♪」
「クク♪まぁな？」
「え…？！あ〜なんでも……ない………！」
　バタン！！！！
「見た？今の顔、超ウケる…」
「すず…」
　由斗の指が髪を撫でて、由斗の唇が額に頬に唇に…優しく触れる。
「由斗…？」
「しばらくこうしてていい…？なんかさ、幸せ過ぎて離したくないって感じ…」
　あたしの体が、由斗の全部で…埋めつくされた、
「しょうがねーなぁ？じゃあ…少しだけ……」
　ぎゅううう………っ、

105

瞬間だった————…。

「絵里香サンっ、優サン!!」
それからしばらくして、由斗を紹介してくれた絵里香さんと優さんに感謝のご報告。何故か知んないけど…優さんは「良かったぁ〜」って、涙まで流しくれて、絵里香さんは、「あたしずーっと!!こいつの気持ち知ってたから、かなりヒヤヒヤしてたんだけど。でも、これでひと安心だよ!由斗?お前…すずの事泣かしたりしたらまじ死ぬと思え(笑)」
ってあたし達を祝福してくれた。もちろん…その情報は家族にも。
「ちょっとお父さんっ!!すずがお弁当作っちゃってるわよ?!!!どうしたのかしら〜あの子…」
「ねーちゃん彼氏出来たんだぜ??な〜♪ねーちゃん♪」
ジュ…、
「あ?!!!っちぃ〜〜〜っ!!るっせーなっ、気い散るから話しかけんなよっ」
慣れない包丁持って、慣れない手でフライパンを持って。
あいつのために、
「よーし♪完成♪」
信じらんないけど、弁当まで作っちゃってる。
「お母さん〜ちょっと出掛けてくっから♪」
バタン———…。

弁当を足元に置いて、メットを深くかぶって。
ブォン！ブォンブォン！！
絶好調にエンジンをふかした。
集会ばかりだったあたしの日常に加わった、もう１つの日常。
どんなモノにも代えらんない、特別な日常。大切な……日常が―――…。
ブォ―――――ン――…。
「由斗ぉぉ！！！弁当持ってきたよぉぉッおーい！！」
「分かった〜〜」
遠くから聞こえる由斗の返事に微笑みながら耳を澄ませる。
「本当っ由斗って海男。まっでも…そんな由斗が大好きなんだけど。はぁ〜…しかし今日もいい天気だな〜…」
潮風を全身に受けながら、今日もあたしは…爆走する。
「相原サ――――ン！！」
「ん？？げっ？！！あいつらぁっあれほど来るなって言ったのにぃ〜〜っ」
あんたとううん…由斗と、一緒に――――…。

―END―

love☆Miku
Seven☆love 4

なんであたしばっかり
　不安にならなきゃいけないの…？
　　泣かなきゃいけないの…？

『みんな変わってなかったねー♪って言ったって１年前だもんね？そんな変わる訳ないか？』
『あははっそーだよ♪』
『あ…近藤！！』
２年前の冬、中学の同窓会の帰り道。
『…じゃ、あたし帰るね？ばいばい未久♪』
『え？！！ちょっと？！！』
遅めの初雪が空を埋め尽くしてた、そんな夜だった。
『話があるんだけど。…ちょっといい？？』
『え……うっうん！！』
あたしは……、
『あのさ？俺…近藤の事好きになったみたいなんだけど。…付き合ってくれない…かな』
『え……』
あたしは大好きだった人に告白をされた。
『……あた…し？本当に…あたし……？』
『ん。本当に本当…』
ずっとずっと片想いしてた、大好きな人からの…告白に嬉しくて、信じられなくて…ずっと、涙止まんなかった。
『…あたし…も…ね？？ずっと…吉澤クンの事大好きだった…っ…よろしくお願いしますっ』
そんな…夢のような日から、月日が流れて──。

★　★　★

あたし。近藤未久、17歳。
彼、吉澤晃、17歳。…付き合い初めて2度目の冬を迎えようとしています。

「遅い…遅すぎる〜〜っ」
今日は待ちに待ったデートの日。受験勉強やバイトに忙しくてず──っと！！逢えない日々が続いていたそんな中での貴重な時間。それなのにそれなのに！！
「なにやってんのよぉ晃ってば！！」
晃ってばメールしても×。携帯鳴らしても×……。約束の時間はAM11時。もう1時間も雪がちらつく駅前で、
「う〜…。寒い〜〜！」
あたしは待たされてる。
あ…来た！！
「はぁっ…ごめん未久！！」
「……………」
チャリンチャリン！ピッ！ガコンっ！
ごくごく…。
「はぁはぁ…生き返ったぁああッ！！」
こんなに寒い中、1時間も待ってたあたしなんて完全無視。自販機でミネラルウォーターを買って、一気に飲み干す晃に苛々が増していく。
「なんで…なんでこんなに遅くなったの？あたし何度も

メールしたのにッ！！」
ぶつぶつ文句を言うあたしなんてお構いなしの晃。
ガコン。
ペットボトルを捨てるとずんずん繁華街に向かって歩きだしちゃってる。
「……ねぇってば！晃聞いてる？！！」
なんで？なんで久しぶりに逢ったのに…こんなに苛々しなきゃいけないの？……最悪。
「まだ話終わってないのに…先行かないでよぉ……」
以前は…メールをすれば必ず返信してくれたのに。電話だって、…ちゃんとかけ直してくれてたのに。最近は…バイトバイトであたしの事なんて眼中になしって感じ。
付き合い初めの頃は、
「好きだよ」とか「大好きだよ」とか、すごく、すごく！！大切にされてるんだなぁって実感できたのに。
「未久？？なにやってんだよ！行かないの？」
立ち止まって膨れっ面するあたしに晃が声をかける。
「…なんだよ。どーしたの？」
「なんだよどーしたのって、…そんな迷惑顔であたしの事見ないで」
ねぇ晃？
「…未久？？」

あたしの事好き？愛してる？今でも…あの頃と同じ気持

であたしの隣に…居てくれてる…?

「…なんでもない」
「なんだよ?変なやつ!(笑)」
差し出された手の平を、ぎゅっと握りしめて晃の横に寄り添った。
「どっかで飯食お?俺超腹減った。未久はなにか食べたいもんある??」
「お寿司…。回転寿司がいい」
「えッ、そんなんでいいの?珍しいじゃん。回転寿司がいいなんてさ♪どーしたの?」
「別にどーもしないよッ!無性にお寿司食べたくなっただけだから」
「そっか♪」
きっと…きっと晃はあたしが今、こんな切ない気持ちでいるなんて…、
「あ。回転寿司なら超旨いとこ俺知ってるから、そこ行く?」
これっぽっちも気付いてないんだろうな…。
晃の横顔を見つめながら、ぎゅう…あたしは繋いだ手の平をさらに強く握りしめた。

「聞いてよぉ!!未久〜ッ!!」
お昼休み。教室でお弁当を食べてた手が止まる。大粒の涙を流してあたしのもとへ駆け寄ってきたのは、親友の愛子。

「どッ…どうしたの？！！！」
「あいつが！洋介が…ッ浮気したぁぁぁッ！！！」
「うっ…浮気？！！！」

愛子は小学校時代からの大親友で、浮気したって騒いでる『洋介』も、小学校の同級生。愛子と洋介はあたし達よりもずっと前…中２の頃から付き合ってる。

「またぁ～、また愛子の勘違いとかじゃないの？前もそれで大騒ぎしてたじゃん？」
「嘘なんかじゃないんだってばぁぁッ、ひく！あたし…ッ自分の目で見たんだもん…ッ。あいつが…洋介が知らない女とSexしてるとこッ！！！」
高校卒業したら同棲するって洋介言ってたのに…なんで？！
「なになに？どーしたの？」
愛子の甲高い声にいつの間にかあたし達の周りには…たくさんの人だかり。お弁当もほどほどにあたしは愛子の手を引いて、人気のない校舎裏へ連れ出した。
「も…もうあたし…ッどうしたらいいか分かんない…ッ！！ずっとずっと信じて一緒に居たのに…あいつってば…他の女と１年も前から続いてたんだよぉ？！！ヒッ！！もうあいつの事、洋介の事…信用出来ない…ッ！！」
マスカラも取れちゃうくらい大泣きの愛子。ハンドタオル

で涙を拭って、背中を優しくさすってるあたしの脳裏には、
──晃は…大丈夫だよね…？
そんな言葉。
「ちゃんと…、ちゃんと洋介と話しあったの？」
「して…ない…ってか…っ、話す気にもなれない…ッ。顔も見たくないっ。だって！あたしまともに見ちゃったんだよ…ッ？！話なんか…っ出来る訳ないじゃん…ッ！」
て…なに考えてるんだろ…。あたし…。
「…わかった、わかったからとりあえず、保健室に行って休ませてもらお？先生にはあたしが上手く言っておくからさ！ね？」
泣きじゃくる愛子を保健室へ連れてって、
「放課後迎えに来るから」
そう約束をしたあたしは教室へ戻った。

でも…、その日の午後の授業は案の定…集中力ゼロ。大好きな英語なのに愛子の涙が、言葉が…あたしを変にさせてたんだ。
晃にメールしよ。
【──晃☆授業中にごめんね？ちょっと聞いて欲しいことがあるんだけど…今日時間作れない？お願いっ！】
ぴっ！
【──送信しました】

『あいつが！洋介が…ッ浮気したぁぁぁッ！！！』
もし…もし…晃が洋介と同じように浮気なんかしてたら…
あたしも愛子みたいに取り乱しちゃったりするのかな……
はぁダメだなぁ。最近のあたし…。
うっすら雪化粧した校庭を見つめながら深いため息。

ブー……。
【受信メール：あきら
──いいよぉ(^O^) じゃあ放課後、未久んち行くよ！また後でな☆】
パタン———…。

放課後、落ち込む愛子を家まで送り届けて帰宅。散らかった部屋を片付けながら、晃の到着を待った。
がさ……、
「愛子……大丈夫かな……」
時計の針は、PM4：15。隣町にある県立の高校からあたしの家までは自転車で15分くらいで来れる距離だからそろそろ晃が来る時間。あたしは着替えるとリビングに下りた。
「お母さん！今日晃来るからご飯一緒に食べていい？」
「あら晃くんがうちに来るなんて久しぶりじゃない？もちろんいいわよ♪じゃあ晃くんの分も準備しておくわね♪」
「ん！サンキュー♪」
あたしは一人っ子。お父さんは仕事で忙しい人だから…夕

飯はいつもお母さんと２人きり。だからたまにお客さんが来るとお母さんってば、すごく嬉しそうな顔をして大張り切り（笑）。
「晃くんの好きなカレーにする？」
「うん♪」
晃…喜ぶだろーな♪だってお母さんのカレー…大好きだもんね♪
携帯片手にソファーへ腰を沈めて晃の到着を待つあたし。でも…、
ピッピッピッ、
………遅い……。また遅刻？！！
ソファーに腰を沈めて、３０分。リビングにはカレーのいい匂いが漂い始めて、テレビのリモコンをいじる指の動きも早くなっていく。時計を見るともう５時を回ってる。
「晃くん遅いわねぇ？」
「う……ん」
晃…なにしてるんだろ。いつもなら、とっくに着いてる時間なのに………。…もしかして晃………。
その時、あたしの頭の中にぱぁっと広がったのは、昼間の取り乱した愛子の姿と「浮気」の２文字。
「晃クンに連絡してみなさいよー。心配じゃないのー？」
「……ん～」

考えたくないのに、イヤな事ばかりがどんどんどんどん…

あたしの頭の中を支配していく。
連絡が来ない苛々。愛されてるって、大切にされてるって…実感出来ない不安。一緒に居るようになってもう少しで２年になるのに…、こんな気持ちになったのは初めてだったんだ……。
晃も…晃もあたしに内緒で他の子と仲良くしてるの？あたしに内緒で…あたし以外の女の子を…愛したりしてるの？

〜♪♪♪♪♪
【着信：晃】
「…はい」
『遅くなってごめん！！今着いたから鍵開けてよ！』
「うん…」
やばいなぁ、あたし…相当重症だ……。
足取り重く廊下を進んで。
―かちゃ―、
玄関の鍵を開けた。
「これお土産♪未久ケーキ好きだろ♪♪おばさんお邪魔しまーす♪♪」
なんで…なんで遅くなったの？なんであたしがこんな気持ちでいるのに…なにも言ってくれないの？気付いてくれないの？
トントン…、
あたしの部屋に向かう晃の背中をじっと見つめながら、あ

たしは…必死で自分の気持ちを押し殺した。
パタン………。
「俺…ここ最近ずっと寝不足でさぁ〜？悪いけど少し寝かしてくれない？バイトバイトでもうクタクタ（笑）。あ！未久！聞いてほしい事ってなに？話あるんだろ？」
部屋に入るなりベッドにごろ寝の晃。携帯をカチカチいじるあたしに話しかける。

【受信メール：愛子
これから…洋介と逢うから。頑張って、自分の気持ち伝えてくるね！もし、もし…あたしが失恋したら…カラオケ付き合ってくれる？じゃあ…いってきます！！】
愛子…洋介と逢うんだ？辛いだろうな…。
「未久？どーしたの？」
でも…お互いのキモチ…ちゃんと伝えなきゃ、話さなきゃ前に進まないもんね？大丈夫…愛子ならきっと上手に切り抜けられる。
【──がんばれ！愛子！】
【────送信しました】
晃…洋介と同じバイト先だもんね？…絶対なんか知ってるはず。
携帯を閉じて大きく深呼吸。不思議そうに見つめる晃に、あたしは…ゆっくり話しかけた。
「洋介が」

「…洋介？」
「洋介が…浮気したって。今日愛子から聞いたんだけど…晃？なんか知ってる？」
「えッッッ？！！！！」
がばっ！！！！
心当たりがあるのかあたしの言葉に、横になってた晃が飛び起きた。
……やっぱり。やっぱり晃…なにか知ってるんだ。
「なにか知ってるなら…教えて？晃…」
詰め寄るあたしに観念したのか、晃が、
「………分かったよ」
重い口を開いた。

——洋介の浮気相手は、バイト先の先輩。去年の忘年会で…ハメを外しちゃった洋介が、先輩に手を出した。それ以来、洋介とその女の先輩は……そうゆう関係。
晃は…？晃は大丈夫なの…？
「心配すんなって！あいつ初めから割り切ってるし、…本気なのは、相手の先輩だけだからさ！」
でも…他人事のように淡々と話す晃に、あたしは喉まで出かかった言葉を飲み込んだ。
「晃…冷たいんだね…。愛子の気持ちも考えて。今日愛子…泣いてたんだよ？あんなに強い愛子がどうしようって…もう信じらんないって、大泣きしてたんだよ？……あたし

達って親友だよね？なのに…なのになんで、………そんな冷たいの？」
割り切ってるとかハメ外したとか…そうゆう問題じゃないんだよ…晃。
晃に対する不満と、見えない不安。そんな事を考えちゃう自分に苛々して。
「てか、あいつらの問題だろ？！うちらが首突っ込んでどーすんだよ─…」
「それに！…晃だってあたしのいないとこでなにしてるか分かんないじゃない！浮気してるならしてるって今、白状した方がいいよ？」
喧嘩なんかしたくないのに、あたしの口から出るのは自分でも信じられないくらい…冷めた言葉。
「は？なに言ってんの？（笑）訳分かんないんだけど」
胸の奥にしまいこんだはずの言葉が…次から次へと飛び出す。
「だって最近晃冷たい！この間だって今日だって…っ遅刻したのにメールすらくれなかったじゃんっ」
晃には他人事でも、あたしにとっては…他人事じゃないんだよ…？？
「前はそんな事なかったのにっ！ちゃんとごめんねってメールくれたのにっ！！」
ねぇ晃…愛してるって言って。大好きだよ。ずっと一緒だよって言ってよ………！

気付いたら。あたしの目からはたくさんの涙が零れてた。
「えっ？！ちょッ、未久？！！」
晃の前で泣いたのは本当に久しぶり。慌てる晃の横で泣きじゃくってる。
…止めたくても止まんない。止められない―――…。
「未久落ち着けって！！」
そんなあたしを見てベッドから飛び降りた晃。なだめるように…、
ぎゅうっ……、
体を抱きしめた。
「ごめ…あき…らッ」
声にならない小さな声で、必死で謝ってるあたしの頭を晃の大きな手が優しく撫でる。
「好き…？あたしの事…今でも大切に思ってる？？」
濡れたほっぺたを袖口で拭いながらあたしは晃に問いかけてる。でも…その時あたしの目に映ったのは…、笑顔じゃなくて…困惑してる、…晃の表情。痛いくらい、胸がぎゅうっとなって…あたしの目にまた…涙が溢れた。
「あき…っ」
その時。あたしの言葉を遮るように…晃の唇が、あたしの唇を優しく塞いだ。
「…昔も今もこれからも、俺は未久だけ…大好きだよ。だから…だから心配すんなよ？俺は絶対に未久を裏切ったり

しない。な？」
「…っ本当に…？」
こつん…おでことおでこをくっつけて、
「本当だよ！」
晃は、あたしに優しく微笑んだ。
ずっと…ずっと……あたしっその言葉が聞きたかったんだよ？晃…っ。
「てか俺…こんなに未久が不安になってるなんて全然！！分かんなかった。なにも言わない未久に…ちょっと甘えてたかも。ごめん…本当ごめんな？」
「ううんっ！！あたしこそ…あたしこそごめんねっ？疑ったりして…っ大好き…っ晃っ」
ぎゅううっ！
晃のおっきな背中を、さっきよりも強く抱きしめて。あたし達は……、
「…てか未久ってこんなに可愛いかったっけ？！まともに未久の顔見れないんだけど……」
「え…そう？…てか昔からかわいいじゃん…？」
「プッ♪なんだよそれ？でも…その通りかもな♪昔も今も未久は…俺ん中で一番可愛いから♪」
お互いのキズナを確かめあうように…2度目のキスをした。
あたしの唇を塞ぐあったかい唇も。
「愛してる…」
何度も耳元で囁く心地いい声も。

122　love☆Miku

髪を優しく撫でる、指先も。
あたしの体をすっぽり包みこむ、大きな胸も…。すべてが愛おしい。
「…おばさんとこ行く？」
「ん♪今日の夕飯ね？晃の好きなカレーだよ♪」
「まじで？！おばさんのカレー超旨いんだよな♪早く食いて〜ッ！！」
どうか。どうかこの幸せが…ずっと続きますように。永遠に…続きますように。
温かい晃の指先をしっかり握りしめて、あたしと晃はお母さんの待つリビングへ下りた――――――…。

次の日。あんなに泣いてた愛子が、笑顔であたしの元へやって来た。
「昨日はずっと連絡出来なくてごめんッ！！」
いっぱい泣いたんだって分かるくらい…愛子の目は腫れてた。でも…いつもの元気な笑顔に…あたしはひと安心して、話を切り出した。
「……でどうだった？ちゃんと話できたの？」
「…うん♪あたしさ？洋介の事、許しちゃった…！本気じゃないって事、昨日浮気相手呼んで証明してくれたし…てか、あたしの中ではもう洋介しかいないからさ…！別れるなんてやっぱ無理だったってゆーのが正直なところかなっ（笑）。１年間も騙されて…バカじゃん？って自分でも分

かってるけど、でも好きなんだもん。仕方ないじゃん♪」
愛子って強いな……。
苦笑いする愛子の頭をぽんぽん撫でながら、
「そっか。…愛子頑張ったんだね！偉い偉い！」
笑顔で答えた。
「散々ご迷惑をおかけしましたが…本日無事！復活致しましたので♪これからも愛子と洋介共々、よろしくお願い致します♪…未久サマ♪」
「あはは♪なにそれぇ〜♪」

愛子と洋介のコトも一段落して。それからのあたし達、すごく幸せだった。
お互いの気持ちがさらに通じ合えたあの日から…時間が許す限り、いつも一緒に居た。
あたし達が一緒に居るようになって２年目の記念日。
『また来年も一緒に祝おうねっ♪』
『…当たり前っ』
固い指切り。

クリスマス。小さなケーキを買って、本当にささやかだったけど…プレゼント交換もして。
カウントダウン、晃の部屋で一緒に毛布に包まって。
『ハッピーニューイヤー♪未久♪…今年も１年宜しくなっ♪』

『……んっあたしの方こそ宜しくね♪』
…ただ寄りそってるだけでただ一緒に居るだけでそれだけで幸せだった。
でも１つだけ心配な事。

今年の春…あたし達は離れ離れになる。
「んだよーこいつめちゃくちゃ強いしぃ〜〜！！」
「……ねぇ晃…？」
進学希望のあたしは、…４月から大学生。県外で１人暮し。
そう…遠距離恋愛になっちゃうんだ。
「ん〜？なにー？げっやられたぁっ！！！」
…こんなに晃に依存しちゃってるあたしが、遠距離なんて…耐えられるの？
日に日に、晃と離れる不安と恐怖があたしを襲っていく。
「あたし……大学行くの、やめよっかな………」
晃の肩にもたれながら、呟いた。
「えっなんで？！！どーしたんだよ未久？」
ゲームのコントローラーを握りしめていた、晃の手が…止まる。突然の言葉に目を丸くして晃が見つめた。
「……だって…さ？」
「だって…じゃないだろ？お前の夢どーすんだよ…？保母さんになるって言ってただろ？」
「うん………」
保育士になりたい。小さい時からの夢だったもん。でも…

でも…ね…？あたし晃と離れ離れになりたくないよ。
「だったらそーゆー冗談は止めろよ？心配になるじゃん」
「うん…………」
…晃は、晃は平気なの？あたしと離れても…耐えられるの…？
たまらないくらいの愛しさが込み上げて、
「晃ぁッ…」
あたしは、晃を床に押し倒してた。
どさ………。
「み…未久？！！！！」
自分でもびっくりするくらい、熱くて深いキスを落としながら…あたしは…晃の胸に、
「Sexしよ…？」
顔を埋めてる。
「え？！！いっいきなり？！！」
「…イヤ？」
「イヤじゃないよ！イヤじゃないけど…どうしたんだよ未久…今日変じゃない？」
「変じゃない。いつもの…あたしだよっ！！」
晃の温もりを感じたかった。あたしのすべてで、晃の体温を感じたかったんだ。
「焦らせんな。…バカ未久！」
ぎし……、
好き大好き、愛してる…。

「……っはぁ…晃っ…もっとぎゅって…してっ」
何千回、何万回言っても足りないくらい、いつの間にか…あたしの全部は晃の全部で、埋めつくされてた。
「……未久っ！」
「……っや……っ！」
夜空に浮かぶ満月が、重なる２人の影を映し出す。
あたしの最愛の人。世界で一番、宇宙で一番…。
「大好きぃっ…晃っ————ーっ！！」
あたしの大好きな人—………。

★　★　★

桜のつぼみも少しずつ膨らみ始めた３月上旬。あたしは第１志望の大学にも無事！合格して、本当だったら残り僅かな高校生活を楽しんでる。楽しんでる、はずだったのに。
楽しめない自分が…居た———…。
「未久！」
屋上で、ぽーっとしてたあたしに愛子が声をかけた。
「……なーんだ愛子か〜（笑）」
「なんだとはなに〜？超失礼なんだけど！」
あたしの隣に腰を降ろしてすぐそこまで来てる、春の空を見上げてる。
「気持ちーねぇ、愛子♪」
「…そうだねー…（笑）」

「……な〜に？未久ってば物思いにふけっちゃって。もしかして…まだ悩んでんの？」
「…え〜？」
「え〜？とかってごまかさないっ…晃クンの事に決まってるじゃん」
「………………」
…そう。あたしはまだ…踏ん切りをつけられないでいた。
小さい頃からの夢だった保育士。その夢の第一歩を、自分の手で。自分の力で…つかみとったのに。
「…あたし。大学行くのやめよっかな」
「またぁ〜〜最近の未久、そればっかりだねッ！どーしちゃったのよ？」
当たり前のように今まで一緒に居た晃と、離れる事が…離れなきゃいけない事が、信じられなくて。気付いたら『大学行くの止めようかな…』、この言葉が口グセになってた。
「………だって」
離れたくないんだもん。
「遠恋って言ったって、特急に１時間も乗ればすぐ逢える距離じゃん？！なにそんなビビってんの？」
「……………」
確かにそうだけど…さ？
最近、またバイトバイトで晃と逢える時間が、めっきり！少なくなってた。そんなにバイトしてどーすんの？！ってくらい、…学校もあたしもそっちのけでバイト三昧。だか

128 love☆Miku

ら余計に寂しくて不安で。
「いいな〜愛子は。卒業したら洋介と同棲するんでしょ？いつも一緒じゃん…？」

「甘えんな…」

「え……」
聞いた事もない愛子の低い声に、たじろぐあたし。
「離れるから？寂しいから？だからなに？」
「あ…いこ……？」
「大学行く行かないは勝手だけどさぁ！…これからかかる授業料とか一体誰が払うの？！未久の家族でしょ？未久の夢を応援してくれてる、お父さんやお母さんでしょ？！」
「ちょ…あいこ？！！」
「情けないよ、超情けない！！たかが男１人でそんなに馬鹿みたいに悩んでさ！申し訳ないとか思わないわけ？！」
顔を真っ赤にして怒鳴りつける愛子にカチン。
自分だって自分だってっ！！！
「…そんなに続けてく自信ないなら自分に自信ないんだったらもう終わりにすれば？別れちゃえばいいじゃん？！最近の未久見てると超イライラする！」
洋介が浮気したってぎゃーぎゃー騒いでたクセにっ。
「ひどい…なにもそこまで言う事ないじゃん……！……バカ愛子…………ッ！」

でも…。愛子の言ってる事は正しい…。だからあたしはなにも言えなくて。
「ばか…っ」
そうゆうのが、精一杯だったんだ…。
「あたしだってっ、未久が保母サンになるの楽しみにしてんのにっ。簡単に止めるとか言わないでよっ………っバカッ、未久のばかッッッ！！！」
「なっ？！！！！」
バタン！！！
勢いよく閉まった屋上のドア。その瞬間、口からため息がもれた……。
「あ〜最悪…………」
ほんとにあたし、…なにしてんだろ。
「……別れるなんてありえないし……！」
晃…逢いたいよ…超逢いたいよ…バイトなんてしなくていい…だから…だから今すぐ逢いに来てっ！
「……っ」
目から溢れた涙があたしの頬を伝った。
「愛子がキレるのも…無理ないよね…？最悪だあたし…っ」
こんなにあたしって弱かった…？こんなあたし…キライ。こんなどうしようもないあたし、大嫌い………っ！
結局その日、教室に戻る気にはなれなくて。あたしは学校を抜け出してた。
今帰ったってお母さんに怒られるし。どーしようかな……。

逢いたい気持ちが先走った、あたしの体。

「来ちゃった」
気付くとあたしは、晃の家の前に居た。
あれ…晃の自転車、ある…。
「あら？未久ちゃんじゃない♪」
びくっっ。
「あ。おばさんこんにちわ…♪」
インターホンを押そうとしてた指が止まって。振り向くと両手いっぱいの買い物袋を抱えた晃のお母さんがあたしを見つめてた。
「晃に逢いに来たの？」
「え……あ、はい！晃…家に居ますか？？」
「晃ね？おとといから出掛けてるのよ」
「え………」
そんなの聞いてない…。
「え…でも晃、昨日はバイトじゃ。あれ…あたし聞き間違えちゃったかな…っ」
見えない不安が頭の中をかすめる。
「バイト？あ〜あの居酒屋さんね！そのアルバイトなら１週間前に辞めたのよ♪…未久ちゃん聞いてないの？」
そんなの…そんなの一言も！聞いてないよ？晃？
その不安は、あっという間にあたしを飲み込んで…全身を黒い雲で覆った。

うそつき…うそつき……っ晃の嘘つき！！！！
「み…未久ちゃん…？！」
溢れてくる涙を必死でこらえながらあたしは…おばさんに、
「…失礼…します…！」
頭を下げた。
あたしに嘘ついてどこで誰となにしてるの……？！隠し事はなしねって約束したのに……ッ、自分からそう…約束したクセに……っ！
溢れた涙がどんどん目から落ちていく。その時…滲（にじ）む視界の向こうに見慣れた人影……。
晃………？
ぽー然と立ち尽くすあたしに、驚いた表情で晃が走り寄って来る。
「未久？！！！」
あき…ら…晃だ…………っ！！
「未久…こんなとこでなにやってんの？！学校はどーしたんだよ？」
涙でぐちゃぐちゃになったあたしの顔を優しく手の甲で拭ぐいながら困惑気味の晃。
どうしたのじゃない……晃こそ…今までなにやってたの？さっき家に行ったんだよ？バイトは？どうしてあたしに嘘ついたの……っ！？
聞きたい事は山ほどあったのに泣きすぎて、
「ヒッ…っあき…らッ…！」

声にならない。
「もしかして…母さんからなんか聞いた…？」
聞いちゃダメだったの？
「…ッう…ん…ッ」
「ハァ～…。そっか…」
なんで…ったため息つくの…？

～♪♪
「もしもし？あ～昨日はサンキュー…うん。うん……」
その時、携帯が鳴って晃が泣くあたしをちらちら気にしながら…背を向けて話し出した。明らかにおかしい晃の行動。募る不安。
こんな時に誰と話してるの…？あたし以外の…女の子…？
「……なんかさバレたっぽいんだよね。うん分かった…うんじゃあな…」
もうヤダ…っこんなの………っ、あたしばっかり……っ！！
ぴっ…！
「あのさ…み…」
あたしは…晃の言葉を遮るように重い口を開いた。
「もういい……」
「は……？」
「もうっ、あたし限界…」
「は……なに言って……」

133

俯<ruby>つむ</ruby>くあたしの目から落ちた涙はぽたぽた…道路に落ちていく。
「晃と……晃とバイバイする…っ」
「ちょ………ちょっと待てって！未久なんか勘違いしてる…っ。俺の話聞けって…！！」
あたしは…腕をつかむ晃の手を振りほどいて…、
「や……だっっ」
突き離した。
なんであたしばっかり不安にならなきゃいけないの……？
「勘違い…？勘違いってなに…？あたしに嘘ついてまで一体なにしてたの？！！！４月からあたし達離れなきゃいけないんだよ？！！それなのにあたしに隠れて陰でコソコソ…１人で不安になって泣いてるあたしバカみたいじゃんッ…」
なんであたしばっかり泣かなきゃ…いけないの……っ！？
「だから違うんだって！！」
「違うって…っ…なにが違うのぉ？！！訳分かんないッッ！！」
もうあたし…ぼろぼろ…。
「落ち着けって言ってんだろ？！！！！！！！」

ばしんっ！！

辺りに響いた鈍い音。
「いた……いっ…痛い…っ」

晃は…あたしの頬を力いっぱいひっぱたいた。2年間一緒に居て初めての出来事に、痛くて、ショックで…頬を押さえながら立ち尽くしてる。
「…いた…い…っ、痛いよっっ！！！」
そんなあたしに晃は背負っていたリュックから、ある物を差し出した。
「これ！！！」
晃の手には預金通帳と茶色い封筒が握り締められてる。
「な……に…」
「いーから見ろよッッ！！！！」
広げてみたら通帳いっぱいに預金残高が書き込まれてあった。晃がなにしたいのか、どうしたいのか全然予想がつかなくて、あたしの視線は…晃と通帳の間を行ったりきたり…。
「俺…俺だって、未久と離れ離れなんかなりたくない…。だから…だから…大学行く未久の後を追うつもりで…バイトの金使わないでずっと貯めてたんだ」
「え………」
「俺のバイトと俺らが住むとこ……全部決めて来た。だから未久？春から一緒に住も？」
ジンジン痛む頬を押さえながら、あたしは晃を見上げた。俺らが…住むとこ…？あたし、晃に殴られて…頭おかしくなったのかな。…言ってる事がよく分かんない…。
「これは…アパートの契約書！ちょい狭いけど…いつも一緒に居られるんだから我慢、できるよな？」

通帳と一緒に広げられた、契約書には…晃のお父さんの字で、名前と契約印がしっかり押されてあった。
「未久の大学近くで、家賃４万円８畳の１Ｋ。超掘り出し物の物件だって」
「あき…ら…っ」
バイト黙って辞めたのも、あたしに内緒で出掛けたのもっ全部全部…あたしのためだったの…？
戸惑うあたしの目に映った、晃の笑顔に、広げた用紙に書かれた「賃貸契約書」の文字に。これが…夢なんかじゃなくて、現実なんだって…、気付いた瞬間だったんだ————…。
「殴ったりしてごめんな…？」
赤くなった頬に、晃はキスをして、ぎゅう…あたしを引き寄せた。
「俺さ？未久が保母さんになる姿、超楽しみにしてんだ！俺もバイト頑張るから未久も夢叶えるために頑張ってよ！！てか……一緒にがんばろ？そのために借りた部屋だしさ？」
「う……そじゃない……？本当に本当……？」
「本当だっつーの！！（笑）…もうなんも心配しなくてーから。不安になんなくてーから。未久は！…安心して大学通ってよ？わかった？」
「あきらぁぁ……ッありがとぅぉッ」
「プッ♪ばか未久。勘違いしやがって…前にも言ったろ？今までもこれからも未久だけだって」

あたし…あたし自分のコトしか考えてなかった。晃の気持ちなんかちっとも考えてなかった…っ。こんなに晃、あたしの事考えてくれたのにっ。1人で勘違いしてっ、1人で大泣きしてっ。
「ごめん…晃ごめんね…ッあたし…っ」
バカだ。あたし…大バカだ！！
「あたし…………っ」
不安だったあたしを、一瞬で安心に変えた晃の長いキス…。たくさんの想いが、真っ黒だったあたしの中をどんどん…真っ白にしていく。
「…嘘…ついてごめんな？未久の事、驚かせようって思っただけだったんだけど…まさかこんな展開になるなんて思ってなかったし」
「ううん…もうそんな事忘れた！だからもういい…もういいよ…っ晃…！」
「はやッ！（笑）」
あんな泣き崩れてたあたしが…嘘みたいに今、晃の横に、寄り添ってる。

〜♪♪
「あ。メールだ。」
【受信メール：愛子
──未久☆今日は…ごめん！！ちょっと言い過ぎたよね？あたし…】

「今日はごめん…って喧嘩でもしたの?」
「え?あ〜…うん喧嘩じゃないんだけどちょっと…ね♪」
【──愛子☆
ううん!あたしこそ…ごめんね?でももう大丈夫!愛子…?あたしのために怒ってくれてありがとう…愛子は、世界で一番最高の友達だよ……!】

★ ★ ★

そして3月×日。
桜の花がぽつぽつ咲き始めた頃。
「卒業証書……授与………!!」
あたしは…3年間通った高校を卒業した。
「あたしさ?絶対泣かないと思ってたんだけど。担任の顔見たら…駄目だった。だって鼻水タラして超泣いてんだもん。アレ反則じゃない?!!」
目を真っ赤にした愛子が、苦笑い。
嫌な事もあったけど楽しい事の方が多かった3年間。どんなに辛くても学校に来るだけで元気が出た。
いっぱいいっぱい!!元気をもらえた。あたし達は…別れを惜しむ人達でごった返す校庭を、胸の中に焼きつけるようにゆっくり…ゆっくり歩いてる。
「…卒業してもずっと友達だよ??愛子♪」
「…………っ当たり前ーっ」

正門を抜ければ、もう…あたし達はそれぞれの、別々の道。
あたし達の新しい始まりが待ってる。
ぎゅぅ…！
愛子の手をしっかり握りしめて、
「いっせーの………！」
あたし達は正門を…くぐり抜けた――――――…。

★　★　★

どさ！
「終わったぁぁぁぁぁッ」
卒業式から１週間後。あたしは一足早く、晃が借りたアパートに引っ越し。
真っ白い壁紙に真新しい黄色のカーテン。
「…今日からここがあたしと晃の新しい部屋かぁ～♪」
ベッドに寝転んで、窓から見える綺麗な夕日を眺めながら、頬をつねってみた。夢じゃないのかって何度も何度も。でも頬に残った痛みは、
「いったぁぁぁぁい……！！なにやってんのあたし？ばっかじゃ～～～ん♪きゃははっ♪」
夢じゃなくて現実なんだって思い知らされた…そんな痛み。

～♪♪♪♪♪
「あ。電話…」

ベッドから跳び降りて、バッグをまさぐる。新しい部屋に鳴り響いた指定着信音は、大好きな、
「もしもーし♪」
あの人の着信音。
『あ。未久？なに超テンション高くない？もしかして…もう引っ越し完了したのかよ？』
「うん♪さっき荷物片付けてとりあえず寝床は確保しといた！晃は？これから送別会なんでしょ？」
『送別会？あ〜あれキャンセルした！…俺も早く未久と逢いたいし…サッ♪』
「え…？！そうなの？」
コンコン———…、
「あ？ちょっと待って 誰か来たみたい……」
…引っ越してきたばっかなのに誰だろ…新聞屋サンかな。
聞こえたノック音にあたしは携帯を持ったまま、玄関に向かった。
セールスだったらどうしよう？
サンダルを履いて、あたしは覗き穴に目を凝らす。
「え…？！なんで？！！」
でも覗き穴の向こう側に映ったのは、新聞屋サンでもセールスマンでもなくて……携帯を耳に当てたままドアの方を見つめてる晃の姿。
ガチャガチャ…バタンッ！！
「晃？！」

「未久ただいま〜♪なんちゃって！（笑）…びっくりした？？」
なんでここに晃が居るの？！！だって晃…、
「びっくり…超びっくりだょッ！！」
明後日来るって言ってたのにっ！！
突然現れた晃に、嬉しさを抑え切れなくて…あたしは晃の広い胸に飛び込んだ。
「晃…おかえりなさい…なーんちゃってっ♪」
「ただいま…っ」
「ちょ…ッ晃？！！」
パタン———…。
玄関のドアが閉まると同時に浮いた体。晃はあたしを抱き抱えると、夕日で真っ赤に染まったベッドにあたしを沈めた。
「あ…きら——」
「もう！もう…絶対不安になんかさせない。泣かせたりしない。だから…これからも俺のソバに居るよ…？別れるとかって…絶対言うなよ…？」
「晃………」
「愛してる。未久…愛してる…」
涙で滲んだ視界に晃の優しい笑顔。晃の優しい唇。
「はぁ…晃ぁっ……！」
体の中から溢れた晃のたくさんの『好き』をあたしは…、
「未久…………っ」
全身で受け止めた————…。

ＰＰＰＰ──…。
「ん〜…目覚まし鳴ってるるよぉぉ？」
「ん〜…。もうちょい寝かして………」
それから１ヶ月。あたしと晃は順調に毎日を過ごしてる。
料理なんかしなかったあたしが。晃のために料理の本を買って…、
「今日はスクランブルエッグとトーストにしよーって♪」
キッチンに立ってるし、
いつも１人じゃ起きれなかったあたしが晃のために早起き。
掃除も洗濯も全部全部信じられないけど自分でやって、
「…未久なんか焦げてる！」
「え……？！あ〜〜本当だ！！！！さいあく〜〜このトースターすぐ焦げるんだからっ」
たまには…失敗もあるけど、それはそれで、
「ぶははっ、機械相手にそんな八つ当たりすんなよー」
「な…そんなに笑う事ないじゃん！！！」
結構楽しんでやったりして。そのくらいとても毎日が充実してる。
「では。いただきます♪」
「いただきまーす！」
ねぇ晃？大好きな人が毎日隣に居るだけで、なにもかもがこんなに幸せに思えるなんてあたし…初めて知った。
「うげぇー…このトースト苦い〜」

「そ？俺はすんげ〜…美味しいけど♪」

あのね…晃？実はあたし…保母サンになる事以外の夢がもう１つあるんだ。
「窓オッケー！元栓オッケー…未久！早くしろよーっ」
「わわっ、ちょっと待ってーっっ！」
でもそれはもっとあたしが料理上手になって、もっともっと！自分に自信がついたら…教えてあげるから楽しみにしてて？
「…なんで女の子ってさ毎日こんな時間かかんの？」
「……しょうがないじゃんっ♪女の子なんだから♪」
ねぇ晃…こんなあたしを好きになってくれて、好きでいてくれて…ありがとう。
晃があたしを想ってくれてる分だけ、あたしもあなたを晃を…ずっと想ってるからそれだけは絶対…忘れないで…？
「んじゃ行きますか？」
「うん………♪」

ずっと…ずっと大好きだよ。晃――――…！！

パタン――――…。

―END―

love☆Haruka
Seven☆love 5

幸せになって…？
　　俺のぶんまでいっぱい、
　　　　幸せになって…

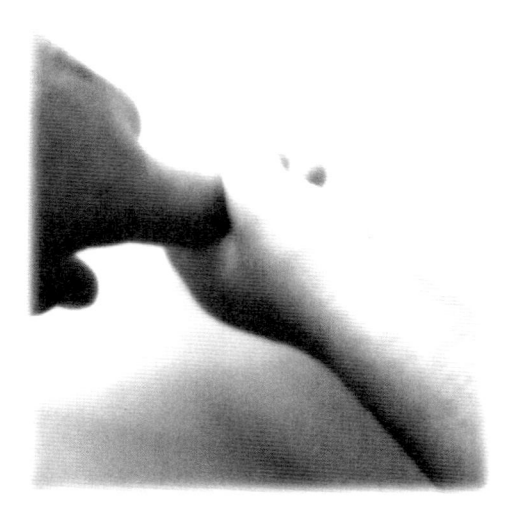

「この度はご愁傷様でした───…」

付き合いはじめて１年目の記念日。
ケーキを買ってお祝いするはずだった。
それなのに……。それなのに。
突然あたしの前から、
あなたは居なくなった。
「やだ！やだよっねぇ起きて？！！起きてってば耕太ッッ！！！」
葬儀会場の棺の前。色とりどりの花に囲まれ、眠るように横たわる耕太の姿が信じられなくて。
「ねぇ…本当は起きてるんでしょう？？耕太ぁ…いい加減に目覚ましてよぉっ」
「春花ちゃん！耕太はもう…………っ」
冷たくなった耕太の体をあたしは今、何度も何度も揺すってる。
「いや……あたし離れない……っ離れないからぁぁぁっ！！！」

新藤耕太。享年、１９歳 。
あたしの…大切な人───…。
「……春花？春花大丈夫…？」
葬儀会場の控室。親友の肩にもたれながらあたしは未だにこの事実を受け入れられずにいた。
「ヒッ…こう…たぁぁぁッ！！」
泣いても泣いても涙が止まらなくて、あたしの口から出る

言葉は…大好きなあの人の名前ばかり———…。

３日前。おっきなサーフボードを抱えて大好きな海へ出掛けたまま、
『春花！いってきます！』
『いってらっしゃい！気をつけてね──！』
耕太は帰って来なかった。

「…春花………行こ？」
死因、溺死。
高波にさらわれた男の子を助けようとして起こった事故。
男の子は幸い助かったけど、
「ひくっ………こう…たっ…」
耕太は…耕太はそのままあたしの前からみんなの前から、姿を消した。
消えて失くなっちゃった。
プリクラに写る耕太は、確かに生きてるのに。あたしの携帯に残る耕太の言葉は、確かに生きてるのに。
【受信メール：耕太
もうすぐ祝１年だね☆この際だから正直ゆーけど。俺さ…？こんなに人を大切に思えたの、春花が初めてだよ。これからもずっと！俺の隣に居てね？……愛してる】

それなのに今あたしの目に映ってる耕太は笑いもしない。

言葉さえ…かけてくれない。
プ————————…。
澄みきった青空に響き渡る、長い長いクラクションの音にあたしは耳を塞いだ。
「春花…。行かなくていいの？耕太クン、行っちゃうよッ？！」
「やだ………」
信じられない…そんなの信じたくないッ！！耕太が死んだなんてそんなのっ、
「春——…！」
「やだ……ッ！！！！」
信じないっっっ！！！
「春花ぁぁっ！！！！！」
なだめようとする友達の手を振り切って、あたしは道路へ飛び出した。
「いや……いやっ耕太ぁっ！」
まだ温もりが残ってるプリクラと携帯を握りしめて。
どん！！
「春花ちゃんどこに行くんだっ？！！」
参列する人の波を掻き分けあたしは走った。葬儀会場のほど近く、耕太が大好きだったあの海岸に、溢れ出す涙を拭いながら、

「耕太ぁっ……はぁっどこ？！どこ…にいるの……っ！！」
居るはずのない彼を耕太を探して……。

「ハアハア…………っ」
そして辿り着いたのは、海が一望出来る耕太のお気に入りの場所だったんだ。
「耕太…ッヒッごうたぁぁッなんで？なんで独りにしちゃうの…ッ、先に逝っちゃうなんて、ずるいよぉぉっ」
あたし…まだっメールの返事返してない……っ、愛してるってあたしも愛してるって耕太に言ってない……っそれに…っ、
「このプリクラだってっ…まだ……耕太に渡して…ひくっ、ないっ……のにっ」
震える手で携帯を開いて、震える指先で耕太の名前を、メモリを呼び出した。でも、あたしの耳に響くのは持ち主が居ない事を知らせる機械的なアナウンス。
『………お客様のおかけになった電話番号は現在使われておりません———…』
「う………わぁ……んっっ耕太ぁぁぁっっ！！！！」

その時だった————…。
『……か』
びくっ…。
泣き崩れるあたしの耳に優しい声が響く。
『はるか…ッ』
名前を呼ぶ聞き覚えのある声。それは…あたしが大好きだったあの人の声。

148　love☆Haruka

「………こう……た…？」
ううん…今でも大好きな耕太の…『声』だったんだ……。
耕太なの………？！！
涙を拭いながら、微かに聞こえた声に必死で辺りを見回す。
『ここだよ……』
ふと横を見ると、サーフボードを片手にベンチ横にたたずむ耕太が…居た。
いつも着てたウェットスーツに身を包んでお気に入りのサーフボードを脇に抱えた耕太は、哀しい目であたしを…見つめてる。
ほら…ほらね？！！だからあたしみんなに言ったのにっ、それなのにお葬式の準備なんかしちゃって………っ！！！
みんな見て？耕太は生きてる。
今…、
あたしの前に立ってるよ………？
立ってるんだから………。
「こ…こうた？耕太？どこに行ってたの…？ずっとあたし探してたんだよッ？！！早く帰ろう？みんなのとこに行こう？みんな心配して…」
『春花ごめん…俺もう時間ないんだ…』
「は…？なにゆってんの？時間ならいっぱいあるでしょ？！耕太、おかしいよ…？なんでそんな事言うの…？」
『……泣かないで、春花がそんなんじゃ…俺、安心して行けないよ』

「ヒッ…耕太は…っ死んでなんかない…ッ、今だって…っ今だってこうしてあたしと話してる…じゃないッ！体だって…こんなにあっかいじゃない……ッ」
泣いてどうにもならないあたしを、包みこむように抱きしめる、耕太の長い腕。
体いっぱいから伝わる、耕太の温もり。
生きてるんだって錯覚してしまうほど、耕太の体は温かくて。
「信じない……信じないからッ、あたし絶対信じないからぁぁっ！お願い耕太っ、１人にしないでぇ…………っ」
『春花…俺の話聞いて』
「や……やだやだやだっ…！そんなの聞きたくないッ！耕太は帰るの…みんなのとこに帰るの……………っ」

どのくらい経ったんだろう。気付いたらあたしはベッドの上にいた。ずっと付き添っていてくれたのかベッドの横には、目を赤く腫らした親友の美貴の姿。
「あれ……あたしなんで家に居る……」
「はる…か？春花どこも痛いとこない？！！」
「え………」
「春花、海岸で倒れてたんだよ？！…覚えてないの…？」
海岸……。そうだ……そうだあたし耕太と…………っ、
「ねぇ…。耕太は………？」
「春…花……？」

「あたし！！耕太と逢ったのっ。海で…耕太と話したのっ、ねぇ美貴っ！！こうた、耕太は……ッ？！！」
「春花っ、おち…落ち着いて—…」
「耕太ぁっ」
あの時確かに感じた耕太の温もり。あれは……幻だった？
全部全部……夢…だった？
なんで美貴そんなに変な顔するの…？どうして——…っ！

コンコン……ガチャッ———。
「あっ！！小谷くん…っ。春花？春花のコトここまで運んで来てくれたの、彼なんだよ？！…本当に全然覚えてない…？」
背中をさすりながら、春花がそう言ってあたしを見つめた。
この人、確か…………。
ドアを開けて部屋の中に入って来たその人は、耕太に紹介されて一度だけ一緒にご飯を食べた、サーフィン仲間の小谷彰大クンだったんだ。
「あのさ、２人で話したいんだけど…いい？」
「あ…うん。じゃあ終わったら声かけて？下に居るから」
「サンキュー…」
パタン…………。

喪服を着た小谷クンは、虚ろなあたしに笑顔を見せて、
「春花サン…」

ぎし………。
ベッドに腰を下ろした。
「大丈夫…？？」
あたしの頬を優しく撫でながら心配そうな眼差しで見つめる。
なんで…だろう…？
たった一度しか逢った事がないのに。
ぽた……。
「大丈夫なんか…じゃない…っひく……っ」
頬を撫でる指先がどこか懐かしくて…すごく心地いい。
そして、彼があたしを優しく抱きしめた瞬間、部屋いっぱいに潮の香りが広まって彼が…小谷クンが…、
「春花………っ！」
ってあたしの名前を小さく呟いたんだ。
「春花っ……約束、守れなくてごめんな…っ」
え…………。
「ずっと…ずっと…っ春花のそばに居るって、春花がおばあちゃんになっても守るからって、約束したのに…それなのに俺…オレ…………っ」
耕太と…あたししか知らないコトなのに…なんで…知ってるの……？
「春花…っ本当……ごめんっ」
ぎゅう…………、
あたしを抱きしめてる腕は、確かに小谷クンなのに。まる

でまるで………耕太に抱きしめられてるような感覚。
もしかして……もしかして…………、
「こう…た…なの？」
ポタ…ポタ…。あたしの顔に落ちる、大粒の涙。肩を震わせながら泣く小谷クンの姿が、大好きな耕太の姿と重なる。
「こうた…耕太なんで…しょ…？逢いに来てくれた……の？そうなの………？！！」
「ごめん………春花………っ」
「こ…ッ」
………耕太の匂いが…消えた…。

「……あれ…。俺なんで泣いて…春花さん？！！」
なにがなんだか分からない。
今…確かに耕太を感じたのに。…あたし…また、幻を見たの…？
揺れる視界。遠のく意識。
「こう……たぁ……っ」
「え……春花サン……？」
どさ…………。
あたしは、
「ちょっ、春花さんっっ？！！！」
気を失った。

いっそ…いっそのことこのまま…死んじゃえばいい。そう

したら耕太に逢える。ずっと、ずっと…耕太と一緒に居られる……。
ねぇ…誰かあたしを殺して下さい…。
耕太の居ないこの世界から、色のないこの世界から…あたしを…、
消して────…。

こんこん…、
「春花？春花起きてるの？……お昼ご飯ここに置いておくから。ちゃんと食べなさいね？」
「………………」
耕太の死から１週間。ご飯も喉を通らず、あんなに好きだった学校にも行けず。あたしはカーテンを締め切った薄暗い部屋の中で引きこもる日々が続いた。
「ご…はんなんていらない。あたし……食べない。なにも…食べないんだから…………」
そんなあたしを心配して、毎日美貴が来てくれるけど話す気にもなれない。
大切な人を、大好きだった人を突然失った辛さ。
哀しみなんて…誰にも分からない。絶対分かりっこない……。
ベッド脇にあったポーチからカミソリを取り出して、手首に刃を当てた。
耕太がいない人生なんて考えられない…。あたしには…耕

太がすべてだったのに。
「ひっ…耕太………ッ！」
あたしは、
ググ………っ、
肌に刃を押し当てた。
ぽた…ぽたぽた……、
シーツに滴り落ちる真っ赤な鮮血は、あたしが生きてる証。
でももう…そんなのあたしには必要ないんだ。
「深く…もっと深く切らなきゃ…耕太のとこに行かなきゃ…」
耕太が居ないこの世界に、あたしの居場所なんて、
『か……』
グ…………ッ、
「い…………っ」
どこにもないんだから—————…。
『春花っ！！！！』
びくっ、
さらに深く切ろうと刃を引いたその時、
微かに聞こえた耕太の声と一緒に潮の香りが漂い始めた。
あの時と…同じ現象—————…。
「耕太……？どこに居る…の…？あたしここだよ？！ここに居るよ…ッ？！」
耕太…。耕太…っ！！！

ガチャッ！！！
「はっ春花さん？！！！なにやってんだよッ！？？」
でも顔色を変えてあたしの元へ走り寄って来たのは、耕太じゃなくて、小谷クン。
「なんで…なんでこんな事するんだよッ！！こんな事したってアイツは戻ってこない…ッアイツは死んだんだよ春花さんッ！！目…っ覚ましてくれよ……ッ！！」
血が溢れるあたしの手首を必死で押さえながら涙を流す、小谷クンだった─────…。
「……なんで…なんで止めたの…。ほんとありがた迷惑……」
「いいから座って…」
リビングには家に居たはずの、お母さんの姿はどこにもなくて、あたしと小谷クンの２人きり。
ソファーにあたしを座らせると、小谷クンは痛々しい傷痕を消毒し始めた。会話なんてない。耳に聞こえてくるのは、時計の秒針の音と、
カチャ………カチャ……。
小谷クンが握る、ピンセットの音。
目を真っ赤に充血させながら、慣れない手つきで小谷クンは腕に包帯を巻いてく。
「……できたよ…」
ジンジン痛みが走る左腕。
涙で視界が滲む。そんなあたしを見て、小谷クンは溜息を

つきながらソファーへ腰を沈めた。
「あいつが」
「………うっ…ひくっ」
「…耕太がさ？毎日俺のとこ来るんだ」
絞り出すような、細い声で口を開いた小谷クンの目には涙が溜まってる。
「あいつ、涙ぼろぼろ流しながらさ…『春花を…春花を助けてくれ』って何度も何度も！！俺に言うんだ……ッ信じてくれないかもしんないけどっ」
「ひっ…………」
「今、俺がここに居るのは自分の意思じゃない…っ」
「え……？」
「葬式の日…春花さんをあの海で発見してここに運んだのもっ、今日…俺がここに来たのもっ…きっと偶然なんかじゃないんだ。耕太が……あいつが！！俺をここに連れて来てるんだよ…ッ」
おもむろにジーンズのポケットをまさぐると、小谷クンはある物を…差し出した。
「これ……」
ちゃり…。
「これ…耕太のだろ……？」
小谷クンがあたしに差し出した物。
それは…去年のクリスマスに初めて２人で買った、…ペアのラブリング。そんなに高いものじゃなかったけど、いつ

も耕太が肌身離さずつけていたあたし達の大切な指輪だったんだ…。
耕太が発見された時、この指輪だけ見つからなかったのに…なんで……？
「どうして…？なんでこれを…小谷クンが持ってるの……？」
なんで小谷クンが、これを……？
「…葬式の日、喪服のポケットに入ってたんだ……」
頭の中に、耕太との思い出がフラッシュバックして涙が止まんない。
「こう……たぁ………っ」
傷ついたり、喧嘩したり、泣いたりした事もたくさんあったけど、
あたしの１９年間で一番の、最愛の人だった。
…でももう耕太はいない。日本中、世界中…どこを探したって。
「ねぇ…耕太ぁ…ッあたし…っどうすればいいの？　もう…もう、分かんない…よッ」
大好きだった耕太は愛してた耕太は、居ない…居ないんだ…………っ！！！
突きつけられた現実。指輪を握りしめ、泣き崩れた。見兼ねた小谷クンがあたしを抱きしめ、呟いたんだ。
「今…今来るから……ッ」

その時、小谷クンの上に覆いかぶさるように現れた人影に、視線が釘づけになる。
いつも着てたウェットスーツにお気に入りだったロングボード。
……耕太だった。耕太が…小谷クンの体を借りて、今、あたしの目の前に立ってる。
「こう…た…っ」
差し出した手を包む優しい温もり。ゆっくり頭を撫でながら耕太は口を開いた。
「もう……もう俺のために…こんな事しないで…？俺のために…泣いたりしないで…」
「耕太ぁっ……ひくっ」
一粒の涙が耕太の頬を伝う。あたしの体をぎゅっと抱きしめるその腕からは、あたしを想う耕太の気持ちがいっぱい伝わって来たんだ……。
あたし…なにやってるんだろう。あたし以上に今辛いのは、耕太なのに…っ。
「ごめ……っごめんねっ耕太ぁっっ」
それなのにあたしっ、自分の事しか自分の事しか考えてなかった………っ。
傷ついた左手を撫でながら、耕太はあたしに、優しく語りかけた。
「俺さ…俺…自分の人生にこれっぽっちも未練なんてないよ。だってさ…？こうして世界で一番大切な人と、春花と

巡り逢えた。…それに春花の次に大切な『こいつ』とも出逢えたしさ！」
そういって耕太は自分の体を、…ううん、小谷クンの体を指さした。
「それに……。大好きなあの海で死ぬこと出来たし…さ！！大満足の１９年間だったよ（笑）」
あたしは耕太の肩にもたれながら１つ１つの言葉を心に刻み込むように最後のその時を待ってる。
本当はずっと…ずっとこのままでいたい。でももうそれは…叶わない夢…なんだよね…？
「春花……約束してくれる？」
「…約束…？」
「俺のために泣くのは止めること！あと……俺の分まで、たくさん生きて生きて…長生きすること。…今ここで約束して」
胸に埋めたあたしの顔を、くいっと上に引き上げて。耕太は…今まで見た事がないくらい真剣な眼差しで、あたしを見つめた。
「もう死ぬなんて考えないで。頑張って、生きて欲しい」
差し出された、右手の小指。あたしは…そっと、
「ん…約……束！」
自分の指を絡めた。
「ありがと…春花」
ぎゅうう……、

「いつか…いつか分からないけど…春花が最後の日を迎えたその時は、俺が…俺が必ず迎えに行くから……ッ」
「うん……ッ！」
さっきまであんなに温かかった耕太の指先がみるみる冷たくなってゆく。
「このままの姿でっ春花の事………っ絶対に迎えに行く……っだから……っ」
耕太の最後の「瞬間」が確実に近づいて来てる。冷たくなっていく指先を必死で握りしめながらあたしは、精一杯の想いを、
「耕太…？あたしにとって耕太も…世界で一番大切な人だった…っ。ずっと…忘れない…ッ、耕太のコトずっと忘れないよ……何年経っても…ずっとずっとッ！」
伝えて、
「……春花…っ」
「今までありがと…う…っ耕太っ………大好きだよ…っ」
溢れる涙を必死でこらえながら、あたし…は耕太の唇にそっとキスをした。
世界で一番大切な人に。
「ありがとう…俺も…ッ春花の事忘れない…これからもずっと、春花の事だけ愛してる…っバイバイ…春花…またな……？」
「耕太………こうたぁぁっ！！」
最後のキスを————…。

「行っちゃった……。ほんとに…行っちゃっ…た」

何事もなかったように静まり返るリビング。ほのかに残る潮の匂い。今のが夢だったんじゃないかって思えちゃうくらい、静まり返ってる。
あたし…今、耕太と話したよね？キス…したよね……？
ふと天井を見上げる。さっきまであんなに辛くて悲しかった、心も体も、
「う…………ッ」
ふわふわ軽くなってる。
「あれ……っ耕太…は？」
「……行ったよ…。ちゃんと耕太、天国に行ったよ…」
「………………」
「あのね、小谷クン。あたし……付き合って欲しいところがあるんだ……」
床に転がってる指輪を拾ってあたしと小谷クンはある場所へ向かってた。

ザザ──────…。
海風が気持ちいい展望台。耕太が大好きだった場所。
「ここ…あいつの好きな場所だったよね…」
「…うん…。そうだよ」
ザザ──────ン─…。

海が一望できる、展望台。たくさんの想い出がつまったあたしと耕太の大切な場所。
かさ………、
「これ…耕太の指輪だもん。あたしが持ってちゃいけない。…耕太に耕太に返さなきゃ」
コートから指輪を取り出して、小さな拳の中に、ぎゅっと握りしめる。
耕太…?あたしもう、後ろなんて向かない。これからは、これからは、ちゃんと前を向いて歩くよ…。
耕太との時間を、大事な想い出に変えて、ちゃんと前に進む。進むからね………?だから…耕太………っ、
「バイバ————イッ‼」
見てて……………?
ぶん‼
あたしの手の平から離れた指輪はきらきら宙を舞って、耕太が大好きだった海の中に……、
「はぁ……っバイ…バイ……っ!」
消えた。

「春花さん…」
涙がぽろぽろ溢れる。
「……っひく……っ」
ふっ切れた瞬間だった————…。
「…小谷クン」

「え…」
「いろいろ心配かけちゃって、ごめんね？…でももうあたし平気だよ！大丈夫だからッ！いつまでもめそめそしてたら耕太に怒られちゃうし(笑)。…小谷クンのおかげだよ？本当にありがとう…！！」
ベンチに腰を下ろして。目の前の海を眺めた。体にあたる海風が、
ザザ―――――…。
あたしの涙を乾かしていく。
「俺も…俺もさ？実はかなりショックだったんだ。だからこの場所にも、ずっと来れなくて…。でももうふっ切れた！前に進もうとしてる春花さんを見て、俺も頑張らなきゃって…気持ちになった。俺の方こそありがとうだよ？春花さん！」
「あたしじゃないよ…耕太が…耕太があたし達の背中を押してくれたんだよ。だから、耕太に感謝しなきゃ♪」
「ん…そうだね！」

それから1ヶ月半。あたしは海が一望できる墓地に足を運んでた。
今日は耕太の四十九日。人なつっこい笑顔で誰からも愛された耕太の周りには…色とりどりの花束がたくさん手向けてある。
パサ………。

「久しぶり…耕太」
いつも飲んでた缶コーヒーと花束をそっと置き、手を合わせる。
「…もう1ヶ月半も経つんだね？早いな……」
左手の傷も目立たなくなるくらいにまで回復して、あたしはいつもと変わらない日常を送っていた。

「あれ……。春花さん？」
「あ…小谷クン！」
「調子はどう？」
「うーん…まあまあかな（笑）」
「そっか…！なら良かった。安心したよ」
お線香に火をつけながら優しい眼差しであたしを見つめた小谷クンは、お線香を立て手を合わせた。
「今日はさ…こいつに話があってここに来たんだ」
「…話？」
「ん。話！春花さんにも…聞いてもらえるとすごく嬉しいんだけど…時間ある？？」
話って…なんだろう…。大事な話なのかな。
「あ…うん！大丈夫だよ」
「ありがと」
あたしの返事を確認して、大きく深呼吸をすると眠る耕太に話しかけ始めた。
「よォッ！耕太久しぶり！元気か？……あのさ俺、お前に

どうしても謝らなきゃいけない事があって…今日、ここに来たんだ。俺さ？お前との約束、守れそうにもないよ。……ごめん春花さんっ」
ぎゅっ。
「春花さんを……俺にくださいッッッ！！！」
「え……？！！！」
頬を赤く染めて、あたしの手を握ると、小谷クンは耕太が眠るお墓に向かって叫び出した。
「こっ小谷クン？！！」
「いいから黙って聞いてッッ！」
突然の告白に当たり前だけどあたしは呆然。
強く、でも優しく握られたその手を振り払うことも出来ずに、ただ…佇んでる。
小谷クンが耕太に話したかったことって、
「…春花さんのこと、『絶対好きにならないっ』ってお前に約束したけど、…やっぱ無理だったよ。耕太…？お前気付いてただろ？俺が…春花さんに惹かれてるって…さ？」
こうゆう話だったんだ？でも、ごめん、小谷クン…。
「怒るなら怒っていいよ！でももう俺…無理限界…ッ！やっぱり自分の気持ちに嘘つけねーし、これから先もこの気持ちはきっと変わらない」
あたしまだ「次の恋」なんて考えられない。考えられないよ———…。
「小谷クン…あたしまだ…！」

「わかってるわかってるよ！…俺待つから。春花さんが俺の事好きになってくれるまでずっと待つから」
耕太の死から1ヶ月余り。次の恋なんて…絶対ありえない。そう思ってた。そう思ってたのに………あたしの心が、
「何年かかっても、何十年かかっても構わない。あいつには永遠に敵わないけど、でもそれでも俺！…春花さんの支えになりたいんだ」
微かに揺れ動いたんだ。
ちゅ…、
「こっ……小谷クン？！！」
「とゆうわけで耕太ッ！俺ちゃんと報告したからなッ！今日からは正々堂々、お前と張り合う事にしたからッ…覚悟しておいてよ。あ。春花さんっこれ………」
ガサ……、
「なっ……なに─…」
「これ。俺の携帯番号とメルアド。…なんかあったら連絡して？俺飛んでいくから（笑）……なんかごめん。あいつ死んでからまだそんな経ってないのに、…こんな話して。じゃあ俺、行くね？」
「えっ…ちょっと……っ」
ポケットをまさぐって無造作にあたしの手の平にメモ用紙をくしゃって押し込めた小谷クンは、
「じゃあな〜〜っ耕太───！」
そう言って、あたしと耕太に背を向けた。

「ちょっと待ってっ小谷クンッ！！」
グイッ！！！！
「は…春花さん？！」
「あっ…ごめんッッ！」
立ち去ろうとした小谷クンの背中にあたしの手が無意識に伸びて洋服の袖をつかんだ。慌てて手を引っ込めるあたし。
「あの…さっ！…あたし今すぐ小谷クンと恋とかそうゆうのは無理だけどっ、でも…小谷クンの気持ち。…すごく嬉しかった。ありがとう」
カバンの中から紙とペンを出して携帯番号とメルアドを、書いたメモ用紙を、
「これ……」
小谷クンに手渡した。
「ん…ありがとう。春花さん！じゃあ…またっ！」
「うん……またねッ！！」
あたし…どうしちゃったんだろう。なんで小谷クンに携帯番号なんてメールアドレスなんて…、
ぺたん……。
小さくなる小谷クンの背中を見つめながら。あたしは…自分のした事にびっくりしてる。
告白を素直に「嬉しい」って思ってしまった自分。耕太でいっぱいだったあたしの体の中に、温かい気持ちが生まれた瞬間だったんだ。
「耕太…ごめん…あたし…あたし………っ」

168　love☆Haruka

『気にすんな…』
「耕太？！！」
その時、遠くから聞こえる波の音に混じって、耕太の声があたしの中で響いた。
『幸せになって…？俺の分までいっぱい、幸せになって…』
小さくて今にも消えちゃいそうな程、弱い声だったけど……確かにあの声は、耕太だった。
「耕太……ありがと…っありがとう…………っ！！！」
そうだよね…？
耕太？？

★　★　★

それから月日が流れて、3年後。
「彰大！見てっ動いてる！！」
「まじ？！！」
今あたしの隣には耕太と同じくらい…大切な人がいます。
あたしの大きなお腹を優しく撫でるその手の持ち主がそう…あたしの、大切な人。
──小谷彰大。
3年前のあの日。暗闇に居たあたしを優しく包み込んでくれた、温かい人。

「今何ヶ月だっけ？」
「えーと…7ヶ月だよ♪ずいぶん大きくなったでしょ？」
長い月日をかけて、想いを育んだあたしと小谷クンは1年前、たくさんの祝福を受けて、
「家族」
になった。そして今、あたしのお腹には…新しい生命が宿ってる。
「この大きさで7ヶ月か〜。なんか…タヌキの腹みたいだな♪」
「あ〜〜！ひどい〜！それはちょっと言い過ぎじゃない————…あ！また動いた！」
ぽこ…。ぽこぽこぽこぽこ…！
あいづちを打つように小さな足で一生懸命お腹を蹴るこの子は、
「お〜すげぇ（笑）」
あたしと小谷クンの愛の結晶。
「あっそうだ！俺さ？春花に渡したい物があるんだけど…目閉じててくれない？」
「え？！なに、なに？」
「だーめ！閉じなきゃ見せなーい！」
「…けちぃ！」
言われるがまま、目を閉じる。小谷クンはあたしの手をとると、そっと、指になにかをはめた。
「これ……どうしたの？！！！」

突然のプレゼント。あたしが落とした視線の先には、見るからに高そうな指輪が、キラキラ輝いてる。
あたしの誕生日でもなんでもないのに…どうして？
「春花にだけじゃないよ、ほら♪」
目が点なあたしにひらひら、手をちらちらさせた小谷クンの指には、同じように指輪がきらきら輝いてる。
そして、テーブルの上にも。
「今までちゃんとお礼した事なかったから…俺、頑張っちゃった（笑）。あっ！これは、お腹のこの子のだから。確か〜…ベビーリングってゆったかな…？」
「彰大──…！」
「今日までいろいろありがとう。春花…？これからもたくさん！幸せになろうな？耕太の分も…このお腹の赤ちゃんと一緒にさ！」
しっかり収まった指輪にそっと手を重ねて、涙でぐちゃぐちゃなあたしを優しく見つめた。
「…いきなりこんな事するなんてズルイ…ッ！！あり…がとう…っ彰大……っ本当にありがとうっ」
「……どういたしまして♪」
ぽろぽろ滝のように溢れだす涙を唇で拭いながら、震えるあたしの唇にそっとキス───…。
ぽこっっっ！！
「い…ったぁぁい！！」
キスをした瞬間、お腹の内側から強烈な足蹴り。

ぽこ！ぽこ！
１回だけじゃない。まるであたし達のキスを邪魔するように、
「あはは〜♪こいつもしかして…耕太かもね（笑）。耕太の…生まれ変わりだったりして！」
何度も何度も。
「んもぅ！！笑い事じゃないよぉ イタタタッ！！でも…」
「ん？」
「本当にそうだったらいいね？」

そしてそれから３ヶ月後。なんの問題もなく、臨月を迎えたあたしは、
「ふぎゃあ……っふぎゃあ…」
出産した。
「…可愛いな？見て見て、俺の指、しっかり握りしめてる」
「…本当だぁ」
ソファーに腰を沈めて、おっぱいを吸うこの子を…あたしも、小谷クンも目を細めて見てる。
耕太？耕太見てる？あたし今すごく
「…本当、すげー可愛い…」
幸せだよ…？すごく…幸せだよ！
「あ！むせちゃったっ。彰大っ、ガーゼ取ってぇぇっ！！」
「え？！！どっどこどこ？！！」
あなたの死はあたしの人生を変えてしまうんじゃないかっ

て本当にそう思ってしまったくらい、
「ふぎゃっ……ふぎゃあっ」
「わわっどうしよう、泣き出した〜〜っ」
本当に辛くて悲しいものだった。
「春花っ！ほらガーゼ！」
「ありがとっっ！！」
でも…でもね？あたし、今思うんだ。あなたの死は、
「ふー…。焦ったぁ〜」
「あは♪あたしも…（笑）」
決して無駄じゃなかったんじゃないかって。だって…だってね？
「ねー彰大？」
「ん？なーに？」
彼と…小谷クンと、そしてこの子と引き逢わせてくれた。大切な人をあたしに与えてくれた。あなたを失って、先が見えなかったあたしにこんなに大切な人達を、
「名前なんだけど……」
「あ〜♪俺も１ついい名前があるんだけど。きっと春花、びっくりするよ（笑）」
「えっ本当に？！」
「本当！じゃあ…俺が考えてる名前と春花が考えてる名前、同時に発表する？」
与えてくれたんだもん。
「ん♪賛成〜！」

ねぇ耕太…？こんなにたくさんの愛を。こんなにたくさんの温もりを。
「いっせーの〜〜…」
こんなに大切な人達を……ありがとう。
……さようならは言わないよ。
だってこれからもあなたは…あたし達の中で、
みんなの中で生き続ける。
「耕太！」
「耕太〜っ！！！」
生き続けるから──────…。

『命名　小谷 耕太』

―END―

love☆Yukari
Seven☆love 6

…俺達って出逢うタイミング、良すぎじゃね?

…神様っていじわるだよね。
だって…だって信じられないくらい、不思議なくらい、
いつもいつも…あたしが愛する人には、
守らなきゃいけない人が居る。
ねぇ神様？そろそろあたしを解放してよ…、
いい加減嫌になってきたの。
独りぼっちになるのは…もう…もう…、
懲りごりなんだ───…。

「やっぱお前より…こいつの方が大事だから…ごめん……」
今年に入って何人目だろう？この見事なフラれっぷり。
「…わかった。バイバイ…」
あたし神崎由佳里、２１歳は、…いつもこんな感じ。あたしが好きになる人には必ず、他の人が居て…結局２番目のあたしが、
──さようなら。
捨てられて終わり…そんな感じ。
普通に出逢って普通に恋をしただけなのに…なのにいつも、
こんな結末。
「…合コンにでも行こっかな」
本当は、辛くて悔しくて大声を出して泣きたいくらいなのに…泣けない。だから余計に哀しくて。
「あ～…アレしなきゃ」
携帯電話を取り出して、大好きだった人のメモリーを呼び

出す。もう必要のなくなった、愛しい人の名前にカーソルを当てて…、
「…ばいばい…」
なんのためらいもなく、ボタンを押した。
ピッ！
【――消去しました―…】
「…なんであたし、涙出ないんだろ。ばっかみたい…」
メモリーを消去する時でさえ、ジーンとも来ない。…慣れって怖いよ。

行くあてもなくブラブラしてたあたしは気付くとネオンが眩しい繁華街に来てた。そんな時、あたしの耳に聞き覚えのある懐かしい声が響いたんだ。
「あれ？神崎？」
「……え」
「神崎だろ？俺だよ♪上田！！」
……上田って…あの上田…？！！！
懐かしい声と懐かしい笑顔に昔の記憶がばーっと蘇った。
「うそっ上田？！！！！」
あたしの目の前に立ってたのは、高２の時…あたしが大好きだった人。
――上田勇二(ゆうじ)。だったんだから。
うそーっ髪の毛あるから…全然分かんなかったしっ。

上田勇二。野球がとにかく大好きで、めちゃくちゃ弱かったうちの学校の野球部を、県大会まで導いてくれたすごい人。
人一倍努力家で、毎日毎日みんなが帰った後１人で練習してたよね？
『あんたと上田じゃ合わないよ！あんなの何処がいいの？超地味じゃん？』
それでもあたしは大好きだった。そんな上田の一生懸命で…ひたむきなところがあたしの心を動かしたんだ―――…。

「神崎こんなとこでなにしてんの？あ！もしかしてナンパ待ち？」
「違うし！（笑）」

…でもやっぱり彼には彼女が居て、
『上田っあのさっあたし上田がすっ―――…』
『ごめんっ！！』
『えっあたしまだなにも…』
『…俺、彼女居るからっ！！』
あたしは玉砕…………。

「上田こそこんなとこでなにやってんの？」
「え。俺？俺は……うーん…あえて言うなら女探し？（笑）」
４年振りの再会。失恋したばっかりであんなに堕ちてたあ

たしの心が…ぽわぽわって、ちょっとずつ、少しずつ…温かくなり始めた。
「ってゆーのは嘘で！実は俺…今日彼女にフラれてさ。…家に居るとなんか考えちゃって駄目なんだよな～。だから気分転換って言った方が正しいかも？」
…別れたの？彼女と………？！！
「ほっ…本当に？！！！」
「こんなん嘘ついてどーすんだよ。まじ話！！」
だって上田…結婚するかもってそーゆー話聞いてたのに！
「女の場合は…浮気じゃなくて本気だもんな？？５年も一緒に居たのに…ありえねーよ……」
でも…でもね？その時、あたしの心臓が…とくん…って小さく跳ねたんだ。失恋ばっかで頭の中、おかしくなってたかもしんない。でも、その鼓動は確実にあたしの中を支配していって…、
ぎゅう………、
あたしを…おかしくさせた…。
「…なに神崎…慰めてくれんの…？」
突然握りしめられた手に上田は哀しく笑いながらあたしを見つめた。
ねぇ神様？これって…チャンスなのかな？あの時…叶えられなかった恋を叶える…。

「…実はさ…？」

チャンスなのかな？
「…恥ずかしいんだけど！…あたしも今日、失恋…したんだよね…！」
「え？！」
「あたしも上田と同じ！あははっ♪」
生まれて初めて触った、上田の手の平。おっきくてごつごつしてて…いっそう、あたしの想いを膨らませた。
ねぇ上田？あの時…もしあの時、彼女がいなかったら。あたしを彼女にしてくれた…？好きになってくれた？
「…俺達って出逢うタイミング、良すぎじゃね？」
「ぷっ♪そうかも？！」
真ん丸坊主だった髪の毛も、サラサラ綺麗にのびて、ちょっぴり大人になった…上田の優しい笑顔。あの頃の、懐かしい気持ちがどんどん体に広がっていく。
「神崎って…見掛けによらず優しいんだな！俺さ？…お前の事誤解してたかも」
あたしを見つめる上田の切ない眼差しが…。さらに強く握られた上田の左手が。ますますあたしの欲望を…想いを…大きくしていく。
「…あの時選ぶ相手、俺間違ったのかもな……って今さらだけど（笑）」
運命なんて言葉……本当にこの世に存在するの…？そう思いながらあたしは今まで恋をしてきた。
「あのさ…あたし！」

でももし…もし…！
「ん？なに？」
この出逢いが、運命だとしたら…この４年振りの再会が、運命の再会だったとしたら……。
「あたし上田の……」
「え？」
神様……あたし、ずるいかもしんない。超ずるいかもしれないけどっっ期待していい……？
「あたし……上田の彼女に……なりたい…っ！」
『運命』だって…信じてもいい……？
きらびやかだったネオン街を抜けて。あたしは今…街灯が灯る道路を歩いてる。

「………………」
「………………」
繋いだ上田の指先は、ちょっぴり冷たくて…火照って熱くなったあたしの指先にはちょうどいい。
今にも消えそうなほど大きく欠けた三日月を背に、あたしは無言のまま彼の後ろを歩いた。

懐かしいなぁ……暗くても体が覚えてるよ…高校の時、上田に逢いたくて…よくこの道を往復してたっけ……帰る時間を見計らって、さりげなく何度も何度も………。

182　love☆Yukari

「あのさ神崎？？」
「あ…なに？！」
「…お前、本当にいいの？」
「いいのって……？」
突然立ち止まった上田は…あたしを見つめた。
「だから……俺でいいの？後悔しない？女に浮気されるような…超ダサい男だよ？俺」
ダサい……？ううん…その逆だよ。上田———…。
「…あたしの中で上田はまだ、あの時のままなんだよ…！…後悔なんてするわけない…じゃん？」
「…本当にお前いい奴だな…！こんないい女フルなんて信じらんねーよ。てか…俺もだっけ？」
「そうだよ、上田もじゃん！（笑）」
冷たくなった上田の指先があたしの頬を優しく撫でた。
「…あいつを。忘れさせてくれる？」
近づく唇。
「まかせてよ……」
ちゅ————…。
あたし達はキスをした。あの頃叶えられなかった上田とのファーストキス。あたしの頬を優しく押さえながら塞ぐ、上田の唇はとっても温かい……。
「…俺らなにやってんだろーな？今日フラれたばっかなのに」
「…あたしは嬉しい。あたしは嬉しいよ上田……」

体を包みながら伝わる上田の温もりに、どんどん…あたしの理性が壊れていく。

どさ…。
「まだ2時間も経ってねーのに…俺らもうベッドの上だし」
「…あは。そーだね？」
「…神崎？？」
「……なに…？」
「…なんでもない………っ！！」
真っ暗な部屋の中。初めてのキスを交わしたあたし達は、この日…初めて体を重ねた。
時々見せる上田の切ない顔があたしの体を麻痺させて、時々耳元で囁く上田の声が、
「…っ上田ぁっっ」
あたしを壊していく。

ねぇ神様…？この時あたしの恋は、叶えられなかったあの時の想いは叶った。そう思ってたんだよ？上田が、
『運命の人』
だって…信じてた。
それなのに…それなのに…。
神様…お願い…あたしの想いを断ち切らないで。あたしと上田を…
引き離さないで———…。

上田と一緒に過ごしはじめて２ヶ月。
あたしは『勇二』、上田は『由佳里』って名前で呼び合うようになって、毎日がすごく楽しくて。幸せで。
本当に充実していた。
一人暮しをする勇二の部屋を掃除したりご飯を作ったり、あたし彼女なんだなぁっ〜て実感できる毎日。

だから今日も、いつものようにあたしは夕ご飯を作って部屋で勇二の帰りを待ってた。
でも、なんだか今日はいつもと違う。妙な胸騒ぎがあたしを襲った。
「なにやってんだろ。勇二…」
携帯の時計はＰＭ１０時。現場仕事をしているから帰ってくる時間はバラバラだけど、いつもメールか電話でちゃんと連絡くれるのに。
今日はそれすらない。一緒に居るようになって初めての出来事だったんだ————…。
パチンコ？それとも飲み？
まさか。元カノと逢ってるとか。
「なに言ってんのあたし……！んなはずないじゃんね〜(笑)」
募る不安。
信じたい。でもあたしとの時間より遥かに長い６年間の月

日。その見えない壁が、信じる気持ちにフィルターをかけていく。
カチカチ……部屋に鳴り響く時計の音。
勇二。なにしてんの？早く帰ってきてよあたしを抱きしめてよ…ッ。
「勇二ぃぃっ」

結局その日勇二は帰って来なかった。
「…泣きながら寝ちゃった…？あたし…」
勇二の枕に残る涙の後が、勇二でいっぱいなあたしを強く…、物語ってた。
ねえ勇二…、どこに居るの？一体どこでなにしてるの…？
忙しくったって、メールくらいしてくれてもいいのに…っ。
今日はバイトの日。あたしは後ろ髪引かれる思いで、勇二の部屋を後にした――――…。

「おはよ〜由佳里！」
「あ。おはよぉ〜真理」
そんな気持ちを抱えたまま、辿り着いたバイト先。勇二でいっぱいいっぱいなあたしに、真理が声をかけた。
彼女はお店で一番仲がいい、バイトの子。あたしとタメなのに、すっごくしっかりしてて…なんでも本音で話せる、お姉ちゃんみたいな存在。
「なになになに〜？その顔！超目腫れてんじゃん？！」

「う～ん…ちょっとね（笑）」
「てかその顔じゃ店に立てなくない？無理しないで今日は帰ったら？店長にはあたしからうまく言っておくからさ！」
客商売の仕事だからごもっともな意見だった。化粧も最悪。洋服だって昨日と同じ。今日のあたし本当に最悪だ。
「なんにも…聞かないんだね、真理」
「…あたしだっていろいろ経験してんだよぉ？由佳里の顔見ればなんとなくわかるよ（笑）」
さすがだな真理ってば。
あたしの心の中、全部お見通し？
「ありがとう真理…」
「ファイトだよ！由佳里！」
真理のさりげない優しさが、傷ついた心を少しだけ…癒やしてくれた。そんな真理のコトバに勇気をもらって、あたしは…店を後にした。

勇二に、勇二とちゃんと話をしよう。理由はどうであれこのままじゃあたし気が変になりそうだよ。
今日は土曜日。仕事も休みだし、きっと家に帰って来てるはず…。
通いなれた道のり、
今日はちょっと気が重いけど、
話さなきゃなにも始まらない。
前に進めない。

神様お願いです。
どうかどうか、
なにもありませんように!
あたしと勇二の幸せが、
ずっと ずっと、
続きますように……。

辿りついた勇二の部屋の前。あたしの心臓は大きく跳ねて、破裂寸前だった。
—かちゃかちゃ—
大きく息を吸い込んで、ゆっくり、部屋の鍵を開ける。少しずつ開けていく視界。その視界が…あたしの心を突き刺した。
落とした視線の先に映ったのは、勇二のスニーカーと…シロのロングブーツ。不安でいっぱいなあたしの耳に響いたのは、勇二の低い声と、————…昔、いつも耳を塞いでいた彼女の声。勇二が大切にしていた、彼女の声————…。

あたしの予感は、的中した。

やっぱり…彼女と逢ってたんだね…?勇二———…パチンコなんかじゃなくて、飲み会なんかじゃなくて、

「勇二……勇二…ッ」
彼女と────…っ！
全身から…力が抜けた。
そこから動く事も出来ずに、ただただ…立ち尽くしてるあたしの目から、涙があふれる。自分でも信じられないくらい大きな涙が、すべり落ちて…目の当たりにした現実をどんどん滲ませていった。
「あ────…」
―ビクッ―
その時、あたしの目の前に現れた見覚えのある顔。髪が長くて色が白くてきゃしゃで、男の人なら誰でもきっと守りたくなるようなそんな人。────勇二の彼女────。
「あ……！邪魔しちゃってごめんね…ッあたしすぐ帰るからッだから…！」
早く…早く……っ、ここから出て行かなきゃ…っ…、勇二の前から、彼女の前から……っ消えなきゃ！
「由佳里……？！」
勇二…っ！！！
必死で涙を拭いながら部屋を出ようとしたあたしを、勇二の声が引き止めた。全身で感じる嫌な予感。思い出したくない昔の恋が、あたしの中をいっぱいにした。
「あたし……あたしどうすればいい？」
やだよ…勇二……っ。
「ゆ……」

あたし…あたし…っ、
「あたしは勇二が……勇二が好き…ッ、だけど…ッ あたしが居る事で勇二を傷つけてるなら…あたし…勇二と…勇二と……ッ」
別れたくない……っ！
「ちょっと待って…ッ俺の話聞いて？！」
「は…なし————…？」
泣きじゃくるあたしの背中を優しく摩りながら、勇二がゆっくり口を開く。
「まず…由佳里ごめん。昨日はずっと連絡出来なくて」
うん…ッ声にならない。あたしは小さく頷いた。
「実は昨日こいつと一緒だったんだ…お前と、由佳里とこれからもずっと一緒にいたいから、だからっ、きちんと話つけたかった」
「え……」
「お前も聞けよ」
いつもと違う、勇二の低い声。強くあたしを抱きしめながら勇二は…彼女を睨んだ。
「勇二……？」
「俺の好きな奴は……由佳里。お前だから」
————え……、
「だからもうあんたとより戻す気なんてこれっぽっちもないし。悪いけど俺…そこまで心広くねーよ」
ねえ勇二…？勇二は…、あたしじゃなくて……彼女を……

190 love☆Yukari

あの人を突き放すの……？
彼女じゃなくて、あたしを…選んでくれる…の…？
「浮気した男にフラれたから次は俺って。普通にありえねーし！！俺はもうあんたなんか愛してないしなんとも思ってない」
「あたし…一緒に居ていいの……？勇二の事……これからも好きでいて…いいの……？」
「…ったり前だろッ？！──ここにお前の居場所ないんだよ…っ、だから早く帰れ…っ！！」
信じられない勇二の言葉に、涙が止まらない。そんなあたしに、勇二は優しく、キスをした。
「……ッばっかじゃないの？！！！あんたとなんか初めからより戻す気なんてないっつーの！！！……自惚れんなッ！！！！バイバイっ」
大きなドアの音と一緒に消えた、彼女の姿。

跳ねる心臓の音が聴こえちゃうくらい…静まり返った部屋の中で、勇二は、
「ゴメンな？心配かけて…っ」
一言そう呟いて、強く…でもすごく優しくあたしを自分の胸に沈めた。
「本当に…あたしでいいの？後悔しない……？」
「するはずないだろ？！…由佳里は俺と一緒に居たくないの…？」

「居たい…居たいよ…！！でも彼女泣いて…」
「だからもういいって言ってんだろッ！俺は由佳里が好き！由佳里も俺が好き！それでいーじゃんッ？だからもう心配すんな…わかった？」
「う……ん…」
「…あいつの事ふっ切れんのかなって、本当は正直不安だった。でも気付いたら俺、由佳里の事…超スキになってて、めちゃくちゃ大好きになってて……っ、俺の中、由佳里でいっぱいになってた。―――ってなに言ってんだ？俺…(笑)」
「ぷっ」
「あー、今笑ったろ？！」
「笑ってない〜〜〜（笑）」
優しく抱きしめながら、ほっぺたを真っ赤に染めた可愛い勇二。
数えきれないくらいたくさんの言葉があたしの胸をきゅ…って詰まらせていく。

…ねえ勇二…。あたし…あたしね…？
また、大好きな人と再会して、また恋に落ちるなんて夢にも思わなかったよ―――――。

「…由佳里…？」
「あはははっ、ごめんごめんっ、な、なに…？」

勇二…あたしを好きになってくれてありがとう…。
「今、エロい事考えてたろ？由佳里のえっち──♪」
「ち…違うよっ、ばかっっっ！！！」
大好きな勇二の指が、前髪を優しく揺らす。
「…ずっと一緒に居ような？由佳里！」
「う…んっっ」
「浮気…すんなよ？」
「はあ？！そんなのしないしっっっ！」
奇跡的な再会に、巡り合った運命の恋に、あたしは……、
「よーし。いい子いい子！！」
「なにそれ〜〜っっ」
そっと、目を閉じた────…。

―END―

love☆Aoi
Seven☆love 7

こんどはボクが
　　あおいちゃんのこと…
　　　　まもってってあげるっ!

『手つなご〜！』
『ねぇねぇチュウする？』

いつも笑って過ごしていたあの頃。なんのためらいも恥ずかしさも関係なく、あたし達…いつも一緒に居たよね？

…ねぇアキちゃんアキちゃんは、あたしの事…今でも好き？大好き？

★　★　★

そんな淡い恋から１０年。あたしは…１５歳になった。
手を繋ぐのも、キスをするのも、恥ずかしいお年頃。でも…それでもあたしはあなたに恋をしてる。
甘くて、切なくて…毎日あなたを目で、体で追ってるのに。

ねぇ…アキちゃん。いい加減気付いてよ。あたしの…たくさんの『好き』に、気付いてよ…。

柚木葵、１５歳。永澤秋人、１５歳。１０年経った今、あたし達の恋が…、
動き出す――――…。

「柚木ー！客ー！」

携帯をパタパタいじるあたしに、１人の男の子が声をかけた。
「あのさ柚木さん！ちょっと話あるんだけど…来てくれない？」
「…なに？話なら別にここでいいじゃん。あたし今忙しいの。…用があるならさっさと言って」
「え？！！！」

あたしの名前は柚木葵。
大好きな彼が居るこの高校に猛勉強の末、無事！！合格。
春から、新しい生活が始まった。
中学の頃は全っ然！！！モテなかったあたしだったのに。
高校に入ってから、立場は逆転。モテない女の子から、モテる女の子に大変身しちゃって…初めは嬉しかったけど。
日に日に増えていく来客に今は…正直うんざり。

「…あたし今、彼氏欲しくないんだ。だから悪いんだけど…ごめんね？」
「そっか…分かった」
バタバタバタ―――…。
「はぁ〜…疲れた…」
「葵ーあたし…初めてみた〜生告白！てか今の男の子超かっこいーのにもったいなーい！！いいなぁ〜…葵ばっかり！！」

あたしは…他の男の子になんか、興味ない。あたしが興味あるのは。…アキちゃんだけ。昔も今も…アキちゃんにしか興味ないんだもん。
「え～？そうかなぁ？あたしはアキちゃんの方が断然かっこいいと思うけど♪」
幼稚園の頃から、あたしはずっと『アキちゃん』に片思い。
あの時の手の温もりも、唇の温かさも。まだ…ハッキリ！体に残ってるのに。当の本人は気付いてるのか気付いてないのか、あたしには興味なし。…そんな感じ。
『てかあいつ何様…？！むかつく』
「…………………」
「あっ！！葵！秋人クン居るよ♪」
「えっほんと？！どれどれ～♪♪」
友達の張り上げた声に、異常なまでに反応する体。あたしは教室の窓から身を乗り出した。
あ…アキちゃんだぁっ♪♪
校庭をウサギみたいにぴょんぴょん跳ね回る、一際目立つ赤い髪の毛に、ストライプ模様の青いシャツ。
「アキちゃ———ん♪♪」
そう…今必死で、サッカーボールを追い掛けてるあの人が…永澤秋人クン。
「あ。こけた♪」

あたしの大好きな人。世界で一番！！…大好きな人。

もう１０年も、追い掛けてるのに。絶対！あたしの気持ちに気付いてるはずなのに。ねぇアキちゃん…。
「シカトしなくてもいーのにっ！！べーだっ！！」
そろそろ。そろそろあたしの気持ちに答えてくれてもいいんじゃない……？もう…もうあたし…、
「アキちゃーん…居ますか〜…？？」
限界だよ————…。

その日の放課後。あたしはアキちゃんのクラスへ顔を出した。
ちょうど、ホームルームが終わった直後だったみたいで、教室には、まだたくさんの人が残ってる。
…あっれー。アキちゃんいない…………。
きょろきょろ。忙しく動くあたしの瞳は、大好きなアキちゃんの姿をとらえることが出来なくて…、
「はぁ〜…逃げられちゃったかな…」
体の奥から、大きなため息がもれちゃう始末。
…一緒に帰りたかったのにっ、アキちゃんてば逃げ足早過ぎ！！
「…駄目だ。今日は諦めよ…。はぁ〜…」
その時だった—…。
かたん…、
あ…この匂い……。
甘い香水の匂いがあたしを、包み込むようにひろがる。あ

たしの…大好きな匂い。大好きな、
「お前なにしてんの？」
アキちゃんの匂い…………。
見上げた視線の先。
「……邪魔！！」
ほらやっぱりね♪アキちゃん発見♪♪
「アキちゃんみーっけ♪」
ぎゅううっ！
「ワッ！！んだよ！！」
アキちゃんが目の前に居る。ただそれだけで、あたしのテンションは急上昇。だから…いつものようにアキちゃんの胸にぎゅって抱きついた。
「一緒に帰ろーよ♪ね！アキちゃん♪」
「……はぁ？」
怪訝そうなアキちゃんの視線がちょっと痛いけど……。決してめげないあたし。
そんな顔したって、無駄なんだから！アキちゃんだって分かってるでしょ？？あたしがヘコタレないって。
「ねー永澤！早くいこーよ〜さっきからみんな待ってんだけど〜」
そんなあたしの耳に、低い女の子の声が響いた。教室の奥から聞こえた怪訝そうな声。いかにも、
「触らないで」
って訴えてる、そんな声。あたしは…そーっとその声の主

に視線を向けた。
………可愛い。
スラッと背が高くて、スタイルも抜群。ぱっちり二重で…女のあたしでもキレイ〜…なんて思っちゃうほど、美人サン…………。
あんな可愛い子がアキちゃんのクラスにいたなんて。…あたし、知らなかったしっ！……油断大敵。
「あのさ。柚木？」
「うん？なーに？一緒に帰ってくれる決心ついた？」
アキちゃんの声に、抱き着いたまま視線をあげる。そこには、不思議そうな顔をして、アキちゃんがあたしを見つめてた。
「俺さ。これからクラスの奴とカラオケ行くから無理！…てかなんで俺がお前と一緒に帰らなきゃなんないの？彼女でもなんでもないのに…訳分かんないんですけど」
「え………っ」
…てか、なに？こんなにあたし…アキちゃんにアピールしてるのに…本当に、冗談抜きで。………伝わってない？！！
「永澤ってば〜〜！」
「あ〜ごめん！ちょい待ってて！」
そんなあたしをアキちゃんは、
「ちょっと来いよ！」
そう言って、人目につきにくい、屋上前の階段の踊り場にあたしを連れてきた。

「なに？なんでそんな顔してんの？」
眉間にシワを寄せて、明らかに不機嫌なアキちゃん。あたしをじーっと見つめて苛々してるのが…目に見えて分かる。
「……あのさお前と俺って…友達だよね？」
…うん。今のところはね？？
「うん。だから？」
「うんだから？じゃねーじゃん。はぁ〜…」
あたしの答えと同時に深い溜息。さらに眉間のシワが、濃くなった。
…大丈夫。あたし！アキちゃんのぶつぶつ文句なんて…いつもの事じゃん。だから大丈夫。大丈夫──…。
「なんでいーっつも俺の周りチョロチョロすんの？…はっきり言うけど。すんごい迷惑なんだよね？一体俺をどーしたいわけ？」
「どーしたいって……」
「お前も俺も…ガキじゃねーんだぞ？いい加減人前で抱きついたりあーゆー事すんのやめろよ。勘違いされるだろ？」

ぽた…ぽたぽた…………。

自分でも信じられなかった。止まる事なく両目から溢れ出した大量の涙。
ごしごしっ、

あっあれ？！あたしなんで泣いてるの？！
「ちょっ……なになんでお前泣いてんだよ？！」
こんな…お説教いつもの事じゃんっ、なのに…なんで、
「ご…め…！アキちゃんあたし…ッ！」
なんで……っ！？
拭いても、拭いても止まんない涙。慌てるアキちゃんなんかお構いなしの涙は、いくつもいくつもあたしの頬を伝って、制服の袖を濡らした。
でも…でもね？あたし、この涙の訳、本当は…なんとなく分かってた。でもそれを今、口にしたら…きっとアキちゃんはあたしから離れる。

──あたしアキちゃんが好き。

いざという時に臆病になってしまう自分。想っても、想っても伝わらないもどかしさ。あたしの想いが限界を超した、瞬間だったんだ。
「泣いてちゃ分かんないだろ？言いたい事あんならハッキリ言えっつーの！！」
ぐい！！！
大好きなシャツの袖口で。涙をさりげなく拭うアキちゃん。
「はっ…はなっ鼻水ついちゃうよ、アキちゃ…」
「…別に気にしないし！」
ぶっきらぼうにあたしの涙を拭うアキちゃんの姿がとても

愛しくて。さりげないアキちゃんの優しさがすごく嬉しくて、ますます、
「ヒクっ！！ふぇっ……」
涙が溢れた。

「あのさ…俺、バカだから！鈍感だから！言葉にしてくんないと分かんないんだけど」
「ヒクーッ…」
「今、柚木の中にある言いたい事！！…今なら…っ聞いてやる！」
「………え…」
床に落としてた視線を…ふとアキちゃんの方に向けた。そこには、顔を真っ赤にして少なくともあたしの前では見せた事がない表情をしたアキちゃんが、
「アキ…ちゃん…？」
あたしの前に立ってたんだから──…。
「俺…今まで柚木の、葵の気持ち。ずっと気付かないフリしてた」
アキちゃんの言葉に、目から落ちた涙が…、
「なんで…こんな奴…ってずっと認めたくなくてっ。だからずっと！！…葵の気持ちに気付かないフリしてた」
一粒また一粒、乾いていく。

ねぇ…アキちゃん。あたし…ずっとずっと！片想いだって

…そう思ってた。でも…違うの…？そんな表情で、そんな言葉で…あたしにそんな事言わないで……あたし…っ単細胞だから…期待しちゃうよ…っ。

懐かしい１０年前の記憶が…あたしの中を駆け巡った。あたしより小さくて、いつも泣いてたアキちゃん。そのアキちゃんをいじめっ子から守ってあげるのがあたしの…役目だったよね？
『アキをいじめちゃダメ———っ！アキだいじょうぶ？』
『う…うん！へいきだよっ…ねぇアオイちゃん。ボクいつかつよくなれるかなぁっ。あいつらやっつけられるくらい…つよくなれるかなぁっ』
『うんなれるよ！アキだったらぜったいだいじょーぶ』
『ほんと？』
『ほんとだよ♪』
『あのね…アオイちゃん。ボクさ？ボク…いっぱいつよくなったら…あいつらやっつけるくらいつよくなったら…こんどはボクがアオイちゃんのコト…まもってってあげるっ！』
『…うん♪やくそくだよ？』
『………やくそく！！』
本当に小さくて些細な約束。でもあたしは…ずっとその言葉だけを信じて、１０年間…アキちゃんだけを見てきたんだよ…。

小さい頃のあたし達が、体の奥にあったたくさんの想いを動かした。
「……き」
勇気がなくて、今まで一度も伝える事が出来なかった、１０年分の想い。
「……え？なに…」
今伝える。あなたに、アキちゃんに伝えるからね———…。
「好きなの………あたしアキちゃんが好きなの…っ！！！」

あたし達の間を流れる、長い沈黙。
微かな希望さえ…消えちゃいそうなくらい…長い沈黙…。

…やっぱり違ってたのかな。あたしの…勘違いだった…？？あはは…どうしよう？あたし…告白しちゃったじゃん。

「ん。分かった」

ヘッ？！！
長い沈黙を突き破った、アキちゃんの…そっけない返事。
照れ隠し…？それとも…、
玉砕…？
ポケットへ手を突っ込んだまま、アキちゃんはピクとも動

かない。
「アキちゃん？」
なにか…言って。なにか言ってよ……？あたしこんなに頑張ったんだよ…？
「ありがとう」
とかっ聞きたくないけどっ。
「ごめん」
とかっ言えるでしょ………？

「アキちゃんってばぁっ！！！」
「ダァァァァァァッッ！！！！」
「あ？！！アキちゃん？！！！」
あたしの張り上げた声と同時に、なにかにとり憑かれみたいにアキちゃんは…突然、頭を抱えてその場にしゃがみ込んだ。
「やっべぇ〜俺ッ！！！」
「な…なにが…？！！」
わしわし両手で頭を掻きながら、なにやら自分に言い聞かせてる。
「アキちゃん…？アキちゃんどーしたのぉッ！！」
どうしよう…アキちゃんが、あたしの大好きなアキちゃんが壊れたっ。あたしが『好き』だなんて言ったりしたから？！それでアキちゃんパニックに…！！どーしようどーしよう……っ。

「ごっ…ごめんっアキちゃんっ、あたしそんなつもりじゃっ……！」
こんなアキちゃん…初めてだよぉッッ！！
「てか……俺…」
「え…？！なに？！」
「俺！まだお前守れるほど全然強くないよ？！それでも……俺と一緒に居たいの…？」
「へ…」
アキちゃんの口から出た言葉に、伸ばした手が止まる。
ねぇアキちゃん……、
「…筋肉だってまだ全っ然！！だしっ、胸板だって気持ち悪いくらい薄いしっ！！！まだ俺、全然強くねーよ？！！」
もしかして…あの時の約束、アキちゃんも覚えててくれた…？
「本当は…っ俺から言おうって思ってたっ。めちゃ強くなってっ、葵を守れるくらい…めちゃくちゃ強くなったら俺からって…だから俺、ずっと耐えてたのに……無理！絶対無理！！………葵の涙見たら……限界超えたッ！」
そう…なの………？？
「ばか…葵…っ、お前のその涙…ずりーんだよ…っ……」
「……ひっ…アキちゃ…………っ」
伏せてた顔を上げて…しゃがみ込んだままあたしの頭を引き寄せたアキちゃんは、
ぐい………………！！

「俺だって…ずっと好きだった……！！」
そう呟いてあたしにキスをした。

小さな踊り場。人目を避けるように交わした初めてのキスは、初めて唇に触れた温もりは…大好きな…大好きなアキちゃんの唇。恋焦がれてた…アキちゃんの…優しいキス――…。
「…アキちゃん好き…っ」
ちゅっ！
「恥ずかしいからあんま言いたくねーけど…俺も好き…」
ちゅ…！
アキちゃんの大きな背中に腕を回しながら、今までの想いを１０年間の想いを伝えるように…。
１０年間、ずっとずっと…聞きたかった言葉を言いたかった言葉を、
「大好き大好き大好き――――っ」
伝え合うように何度も何度も――――…。

「……アキちゃん今日って何日だっけ？」
「うん？えーと…３０日！６月３０日だけど…なんで？」
学校近くの土手を仲良く手を繋いで歩く、あたし達。でもまだなんだか信じられなくてあたしの想いがアキちゃんに伝わったのが…信じられなくて。手を繋ぐ、アキちゃんの後ろをゆっくり歩いてる。

沈む夕日がキラキラ水面に反射して、思わず足を止めた。
「葵？どーしたの？」
「…ここね！あたしのお気に入りの場所なんだー♪」
「ふー…ん？」
「…来年の今日も…一緒にここ歩こうね♪アキちゃん♪」
「…なに、記念日？」
「そうだよ♪」
「超ありがち♪」
「ん。超ありがちっ♪」
一度止めた足を再び動かして、大きく手を振りながら、並んで歩く。あたし達の影が仲良く重なり合った。
これからは、毎日が記念日。あたしとアキちゃんの…大切な大切な…。
「うち…来る？」
「え…いいの？！！」
記念日……だよっ！

★　★　★

『アオイちゃん』
『なーにアキ♪』
『ぼく…ぼくね？さっきのやくそくわすれないよ？ぜったいわすれないよ！…だからアオイちゃんも…わすれないでね？』

『…うんわすれない！アキがつよくなるまでずーっと
ずーっとアオイ…まってるから！』
『……うん♪ねぇねぇアオイちゃん！』

――ダイスキだよ♪――

―END―

あとがき

恋をしてる女の子、男の子へ————。

人を好きになること。
それはすごくすごく素敵なことです。
好きな人に見てもらいたいから、かっこよく、可愛いくお洒落して。
自分の存在に気付いて欲しいから…。
『俺すごいだろ？』
『あたしすごいでしょ？』
頑張っちゃう。
普段しないようなことも、頑張れちゃうんだから。
１日、何千人、何万人…この広い世界に新しい命が声をあげるように、毎日どこかで、素敵な想いが、恋が生まれてる。
たくさんの人が恋に落ちてる。
(Mayaの勝手な推測ですが。(;´∀｀；)))

色々な恋の形があると思う。
でも…どんな恋の形でも誰かを想う気持ちは自由だー、って私は思うのです。

片想いしている男の子、女の子に伝えたい。

見つめるだけの恋に満足してますか？
見つめるだけの自分に満足…してますか？

――きっと答えは『ＮＯ』だと思う。
『好き』って想ってるだけじゃ…何も変わらない。何も始まらない。
たとえ玉砕しても…あなたが彼に彼女に恋してた時間は、きっと、次の恋を始めるパワーになる。バネになる。
絶対絶対ぜーったい！！素敵な恋になるはず。
だから…、
少しだけ。
ほんの少しだけ、勇気を出そう。
彼に彼女にあなたの本当の気持ちを、伝えたくてどうしようもなかった、『想い』を伝えよう？
きっと次の日は昨日と違う自分に変わってるはずだよ？

大切な人がいる男の子、女の子へ伝えたい。
たくさん喧嘩したりたくさん涙を流したり、何ヶ月、何年も大好きな人の隣に居ると…絶えない。
当然のこと。
でもそれは…お互いがお互いを想ってる証、想いあってる証だ、ってMayaは思います。
(ごめんね、またMayaの推測です (;;´∀｀;;))

お互いの感情がぶつかるから喧嘩になる。
心の奥の本音を言葉にするから喧嘩になる。
でもそれって…すごく大事なことじゃないかな?
言いたいことも言えずに、大好きな人の隣に居るのって…すごく苦痛でしょ?
辛いでしょ?
『本当は違うのに、
本当はこうなのに』
そんな心の奥の言葉を、どんどんこれからもぶつけて欲しい。
たくさんたくさんぶつけあって欲しい。
嫌なとこも好きなとこも全部全部ひっくるめて、
『大好き♪』
って言えるようなそんな関係に、なって欲しいです。

長ったらしく語ってしまいましたが簡単に言うと、
『相手に気持ちを伝えることって、本当…すごく大事だよっ』
ってことです。
『以心伝心』なんて言葉があるけど、そんなの嘘。
言葉にしなきゃ伝わらない想いもあるし、届かない気持ちもあるんだから。
(ごめんなさい。言い切りました)

最後に
みなさん!!!

たくさん恋をしてたくさんたくさん好きって伝えよう!

あ。もちろんどうでもいい人じゃなくて、本当に心の底から好きになった人へ。
心の底から『大好き!』って思えた人へ。です。(^O^)

このお話を読んでくれたみんなに、たくさんの勇気を与えられますように。

このお話を読んでくれたみんながもっともっとお互いを大切に想いあえますように————。

…私の夢を実現させてくれた、スタッフの方。
また…こんな私を支えて、応援してくれた、家族、親戚…友達…読者の皆様。
本当にありがとう。
まだまだ未熟なMayaですが、これからも…末長ーく!
宜しくお願いします!

Special ☆ Thanks
YURIE, RYO,
EMI, TOMOAKI, KAZUYA, RUMI

※この物語はフィクションです。実在の人物・団体等は一切関係ありません。作品中一部、飲酒・喫煙等に関する表記がありますが、未成年者の飲酒喫煙等は法律で禁止されています。

本書に対するご意見、ご感想をお寄せください。

あて先

〒101-8305
東京都千代田区神田駿河台1-8
東京YWCA会館

メディアワークス　魔法のiらんど文庫編集部
「Maya。先生」係

著者・Maya。ホームページ
「Happy&Lover」
http://ip.tosp.co.jp/i.asp?I=SARASARARA88

「魔法の図書館」
(魔法のiらんど内)
http://4646.maho.jp/

魔法のiらんど

1999年にスタートしたケータイ(携帯電話)向け無料ホームページ作成サービス(パソコンからの利用も可)。現在、月間19億ページビュー、会員ID数520万を誇るモバイル最大級コミュニティサービスに拡大している(2007年3月末)。
近年、魔法のiらんど独自の小説執筆・公開機能を利用してケータイ小説を連載するインディーズ作家が急増。これを受けて2006年3月には、ケータイ小説総合サイト「魔法の図書館」をオープンした。
魔法のiらんどで公開されているケータイ小説は、現在100万タイトルを越え、口コミで人気が広がり書籍化された小説はこれまでに約40タイトル、累計発行部数850万部を突破、ミリオンセラーが次々と生まれている。

魔法のiらんど文庫

Seven☆love

2007年11月20日　初版発行

著者　**Maya。**

装丁・デザイン　カマベヨシヒコ(ZEN)

発行者　久木敏行

発行所　**株式会社メディアワークス**
〒101-8305
東京都千代田区神田駿河台1-8
東京YWCA会館
電話03-5281-5251(編集)

発売元　**株式会社角川グループパブリッシング**
〒102-8177
東京都千代田区富士見2-13-3
電話03-3238-8605(営業)

印刷・製本　図書印刷株式会社

落丁・乱丁本はお取り替えいたします。定価はカバーに表示してあります。

Ⓡ本書の全部または一部を無断で複写(コピー)することは、著作権法上での例外を除き、禁じられています。本書からの複写を希望される場合は、日本複写権センター(電話03-3401-2382)にご連絡ください。

©2007 Maya。　Printed in Japan　ISBN978-4-04-886005-5　C0193

魔法のiらんど文庫創刊のことば

『魔法のiらんど』は広大な大地です。その大地に若くて新しい世代の人々が、さまざまな夢と感動の種を蒔いています。私達は、その夢や感動の種が育ち、花となり輝きを増すように、土地を耕し水をまき、健全で安心・安全なケータイネットワークコミュニケーションの新しい文化の場を創ってきました。その『魔法のiらんど』から生まれた物語は、著者と読者が一体となって、感動のキャッチボールをしながら生み出された、まったく新しい創造物です。

そしていつしか私達は、多数の読者から、ケータイで既に何回も読んでしまったはずの物語を「自分の大切な宝物」、「心の支え」として、いつも自分の身の回りに置いておきたいと切望する声を受け取るようになりました。

現代というこのスピードの速い時代に、ケータイインターネットという双方向通信の新しい技術によって、今、私達は人類史上、かつて例を見ない巨大な変革期を迎えようとしています。私達は、既成の枠をこえて生まれた数々の新しい物語を、新鮮で強烈な新しい形の文庫として再創造し、日本のこれからをかたちづくる若くて新しい世代の人々に、心をこめて届けたいと思っています。

この文庫が「日本の新しい文化の発信地」となり、読む感動、手の中にある喜び、あるいは精神の支えとして、多くの人々の心の一隅を占めるものとなることを信じ、ここに『魔法のiらんど文庫』を出版します。

2007年10月25日

株式会社 魔法のiらんど
谷井 玲

魔法のiらんど文庫
続刊予告

Seven ★ love

Maya。著

Seven☆love 2
2007 年 12 月 25 日 発売予定

魔法のぷらんど文庫
information

高校一年生の杏樹には、サッカー大好き少年の愁、
女好き(!?)の慶介、女嫌い&天然少年の龍也という、
カッコいい幼馴染みが三人。
三人とも杏樹のことを好きなのに、杏樹本人は
その想いに気付いていない……。
幼馴染みに振り回される女の子の長編ラブストーリー
が、それぞれの視点からつづられる。

aitsuradakeno ohimesama!?

20万部記録の『恋愛約束』(ゴマブックス刊)
著者「結衣」による
読者数200万人超の大人気ラブコメディ！

あいつ等だけのお姫様!?①

「結衣」著

定価◎599円　※定価は税込(5%)です。

魔法のらんど文庫
information

明るいのが取り柄のおバカな高校生・翡翠と、
その親友、冷静沈着で謎の多いクセ者・天青。
二人の通う学園内で殺人事件が発生!
怪事件に巻き込まれた翡翠と天青が、
奇怪な謎の解読に挑戦する。

hisui to tenseino monogatari

『呪い遊び』『死の薬』『まじない』(双葉社刊)
と20万部ベストセラー作家「Saori」著の
コメディタッチ・学園ホラーミステリー。
ファンの声に押され、ついに文庫化!!

翡翠(ヒスイ)と天青(テンセイ)の物語

「Saori」著

定価◎599円　※定価は税込(5%)です。

魔法のあらんど文庫
information

2006年・第1回日本ケータイ小説大賞で「読者投票第1位」を獲得!!
ケータイ小説ファンの間では"伝説の作品"と言われ、
書籍化が切望されていた人気作家「ナナセ」の衝撃作品。

2バージョン
同時発売

文庫版
①～③

単行本版
＜上＞＜下＞

高校2年生の早瀬瞳は、大学1年生の兄、聖に恋心を抱いていた。
兄妹とわかっていながらも、惹かれ合う二人。
許されない恋に悩み、苦しみ、葛藤を続ける二人に待つ運命とは…？
切なすぎる禁断の究極ラブストーリー。

片翼の瞳
katayoku no hitomi

「ナナセ」著

単行本版／定価◎各 1050 円
文庫版／定価◎各 599 円 ※定価は税込 (5%) です。